ato de rebater

Editora Appris Ltda.
1.ª Edição - Copyright© 2025 da autora
Direitos de Edição Reservados à Editora Appris Ltda.

Nenhuma parte desta obra poderá ser utilizada indevidamente, sem estar de acordo com a Lei nº 9.610/98. Se incorreções forem encontradas, serão de exclusiva responsabilidade de seus organizadores. Foi realizado o Depósito Legal na Fundação Biblioteca Nacional, de acordo com as Leis nºs 10.994, de 14/12/2004, e 12.192, de 14/01/2010.

Catalogação na Fonte
Elaborado por: Dayanne Leal Souza
Bibliotecária CRB 9/2162

O488a
2025

Oliveira, Vânia Lucia de
  Ato de rebater / Vânia Lucia de Oliveira. – 1. ed. – Curitiba: Appris, 2025.
  112 p. ; 21 cm. – (Geral).

  ISBN 978-65-250-7062-9

  1. Solidão. 2. Dor. 3. Perdão. 4. Luto. I. Oliveira, Vânia Lucia de. II. Título. III. Série.

CDD – 800

Editora e Livraria Appris Ltda.
Av. Manoel Ribas, 2265 – Mercês
Curitiba/PR – CEP: 80810-002
Tel. (41) 3156 - 4731
www.editoraappris.com.br

Printed in Brazil
Impresso no Brasil

Vânia Lucia de Oliveira

ato de rebater

Curitiba, PR
2025

FICHA TÉCNICA

EDITORIAL	Augusto V. de A. Coelho
	Sara C. de Andrade Coelho
COMITÊ EDITORIAL	Marli Caetano
	Andréa Barbosa Gouveia (UFPR)
	Edmeire C. Pereira (UFPR)
	Iraneide da Silva (UFC)
	Jacques de Lima Ferreira (UP)
SUPERVISORA EDITORIAL	Renata C. Lopes
PRODUÇÃO EDITORIAL	Adrielli de Almeida
REVISÃO	Camila Dias Manoel
DIAGRAMAÇÃO	Amélia Lopes
CAPA	Eneo Lage
REVISÃO DE PROVA	Bianca Pechiski

sumário

capítulo 1..7

capítulo 2..9

capítulo 3..17

capítulo 4...20

capítulo 5... 25

capítulo 6... 28

capítulo 7... 34

capítulo 8... 38

capítulo 9..41

capítulo 10.. 47

capítulo 11.. 54

capítulo 12... 59

capítulo 13.. 63

capítulo 14.. 68

capítulo 15.. 72

capítulo 16.. 76

capítulo 17...81

capítulo 18.. 84

capítulo 19.. 89

capítulo 20...91

capítulo 21.. 94

capítulo 22... 97

capítulo 23... 100

capítulo 24... 104

capítulo 25... 108

capítulo 1

Anita acaba de chegar a casa. A casa é pequena e baixa, com varandas na frente e nos fundos e um belo jardim.

Dona Maria está na cozinha e seu Antônio está na sala, lendo o seu jornal; eles são os seus avós.

— Oi, vô, cheguei! — diz Anita, entrando na sala.

— Oi, filha! — Sorri. — Sua avó quer falar com você.

— Vó, acabei de chegar! Onde a senhora está?

— Estou aqui na cozinha, Anita! — responde dona Maria.

Anita se dirige à cozinha:

— O vovô disse que a senhora quer falar comigo.

— Quero sim, filha. — Secando as mãos no pano de prato. — O seu pai ligou — diz, um pouco apreensiva.

Anita olha para a avó e lembra-se do pai, o pai que não vê há cinco anos.

— E daí? — pergunta com desdém. — Ele não liga sempre para a senhora?

— Ele quer falar com você! — diz dona Maria, enquanto preparava um lanche para Anita, que já estava sentada à mesa.

— Comigo? — Irritada. — Ele só tem falado comigo através de cartões de Natal e de aniversário. Sobre o que ele quer falar? — pergunta, curiosa.

— Eu não sei ao certo, mas parece-me que ele quer se casar — fala dona Maria.

Neste instante, seu Antônio chega até a cozinha e diz:

— Ele quer que você vá até a casa dele amanhã.

Anita responde maquinalmente:

— Eu não vou!

— Você precisa ir, minha filha — insiste dona Maria, tentando convencê-la.

— É verdade, Anita, já é hora de você e seu pai conversarem e se entenderem de uma vez por todas — argumenta seu Antônio.

— Não, vô, já passou da hora. Se eu falar com ele agora, não será mais como filha, porque não o vejo mais como pai... E, se ele quer se casar, isso é problema dele!

— Não diga isso, minha filha — dona Maria fala com tristeza. — Ele não é um pai maravilhoso, eu sei, mas ele é o seu pai, e ele deve ter os motivos dele; e você tem que compreender isso.

— É... Eu tenho que compreender os motivos dele... — Triste.

No dia seguinte, pela manhã, Anita se prepara para ir à casa de seu pai. Durante o café com os avós, ela comenta:

— Eu pensei, durante a noite, e eu vou até a minha casa falar com meu pai.

— Que bom que você concordou, minha filha — seu Antônio fica feliz. — Vai ser muito bom, você vai ver! — Animado.

— Tomara, vô. — Esperançosa.

— Vai sim, eu tenho certeza — diz dona Maria.

Anita termina o café, despede-se dos avós, pega seu Jeep e vai a caminho de casa.

capítulo 2

Podia-se dizer, daquela manhã de sábado, que se parecia com todas as manhãs de sábado em pleno verão, mas talvez não fosse.

Da casa dos avós até a casa de seu pai, era cerca de uma hora de viagem. Anita se perguntava então: "Por que seu pai nunca fora lá, nestes cinco anos em que vivia com seus avós, para visitá-la?" E a resposta vinha-lhe maquinalmente: "Ele é um homem muito ocupado". E por isso, também, ele nunca voltara a sua casa. Ao menos era nisso que queria acreditar.

Ainda na estrada, podia-se avistar a casa. Era, sem exageros, extremamente grande, cercada de jardins por todos os lados. Para conhecê-la superficialmente por dentro, gastaria mais de uma hora; por fora, poderia levar toda a tarde.

Anita começa a pensar: "Bem que poderia dar certo, quem sabe agora seja o momento".

Ao chegar ao portão da residência, Anita parou o Jeep e ficou contemplando pelas grades todo aquele verde. Chegou a ver a si mesma, quando criança, brincando entre as flores.

— A senhora deseja alguma coisa? — perguntou a ela um rapaz uniformizado.

— Sim... — Anita desperta à realidade. — Sim, meu nome é Anita, sou filha do senhor Otávio.

— Ah, sim. Um momento, que eu vou abrir o portão.

— Obrigada — diz Anita.

O portão é aberto e Anita se dirige à porta principal da casa, observando cada detalhe, cada rosa do jardim, cada espinho da rosa, cada som, cada cheiro.

Ao estacionar, é logo recebida calorosamente por Sara, sua antiga governanta.

— Anita, como você está linda! Que saudades que sentimos de você, todos da casa estamos felizes por sua volta e me incumbiram de lhe dar as boas-vindas.

— Sara, minha Sara — Anita está emocionada. — Não sabe como estou contente de vê-la. — Anita abraça Sara com veemência. — Muito obrigada pelas boas-vindas, mas só vim para falar com meu pai, a pedido dele.

— Depois falamos sobre isso — Sara muda de assunto. — Venha, vamos entrar, todos querem ver como você está linda, penso que não vão reconhecê-la!

Enquanto entram em casa juntas, Anita comenta:

— Não mudei tanto assim, Sara! Só cresci um pouquinho.

— Todos nós mudamos, Anita. — Sara olha para Anita e prossegue. — Você sabe disso!

Na sala estão todos os empregados da casa, Anita os cumprimenta, um a um, com bastante emoção, e fala:

— Nunca pensei que pudesse ficar tão feliz ao retornar a esta casa, mas, graças a vocês, eu agora sei que estava enganada.

Surge um profundo silêncio, que é interrompido por Sara:

— Agora chega, vão todos para suas ocupações. Venha, Anita! Quero lhe mostrar o seu quarto, você vai poder observar que está exatamente igual à última vez que você esteve nele.

Anita sorria para Sara, enquanto subiam, e observava toda a sala, que aos poucos ia ficando mais visível.

— E o meu pai? — pergunta Anita. — Não está em casa?

— Não, teve que ir ao escritório — respondeu Sara, enquanto entravam no quarto.

— Mas hoje é sábado, ele não costumava trabalhar no sábado.

— Não costumava. Depois de sua saída desta casa, ele passou a trabalhar aos sábados e até mesmo aos domingos, quando é preciso. — Sorri. — Veja, Anita, o seu quarto não está o mesmo, lindo como sempre?

Anita se aproxima da cama, senta-se, pega o seu antigo urso de pelúcia e fita-o profundamente, até dizer:

— Foi meu pai quem me deu este urso de presente de aniversário, eu estava fazendo 12 anos. Meu Deus, já tem oito anos! Foi um grande presente para mim, eu queria muito, como quero muita coisa em minha vida.

— E vai conseguir — Sara afirma, com entusiasmo —, como conseguiu o seu urso.

— Eu não creio que tenha conseguido de fato — Anita fala decepcionada.

— Ora, por quê? — pergunta Sara.

— Porque eu sempre acabo perdendo tudo.

— Não diga tolice, Anita, nem tudo é perfeito, nós sabemos, mas isso não significa o fim do mundo — diz Sara, com otimismo.

Anita vai até a janela, abre-a, e deixa entrar o sol, volta-se, observa o quarto e pergunta à Sara:

— Onde está o retrato de minha mãe que eu mantinha na estante?

— Na estante? — pergunta Sara, confusa.

— Sim, na estante. Havia dois porta-retratos, um com a foto de minha mãe comigo e outro com a foto de minha mãe sozinha. Onde estão, Sara?

Sara anda até a estante e, sem olhar para Anita, responde:

— Seu pai pediu que as fotos fossem retiradas.

— Mas por que as fotos do meu quarto, se ele pretendia mantê-lo fechado?

— Ele pediu que retirássemos todas as fotos da casa. — Sara estava nervosa. — Foram retiradas as fotos da sala, da biblioteca e as do quarto dele.

Anita ficou surpresa com tal revelação e se negou a acreditar, saiu do quarto, desceu correndo a escada, procurou na sala pelas fotos, sem encontrá-las, entrou bruscamente na biblioteca e constatou que Sara estava certa, que não havia nem sequer uma foto, nem dela, nem de sua mãe.

Anita olhou desolada para Sara, que estava à porta da biblioteca, e indaga:

— As pessoas não mudam nunca, não é mesmo, Sara? Por que ele fez isso? Por quê? E as fotos, onde elas estão, onde estão, Sara?

— Calma, Anita, fique calma, isso não é tão ruim assim. Você tem que compreender que seu pai atravessou momentos muito difíceis e que, mesmo ele, um homem forte, teve dificuldades de enfrentar.

— Eu era uma garota de 15 anos, Sara, sozinha e desprotegida, havia acabado de perder minha mãe, e meu pai me obrigou a ir para a casa dos meus avós, sem me deixar levar coisa alguma, ou me despedir dos meus amigos! Deve ter sido muito fácil para mim, não é mesmo, Sara? — Anita está magoada.

Sara se aproxima de Anita, que já estava chorando, e tenta confortá-la:

— Eu sinto muito, Anita. — Abraçando-a. — Desculpe-me, eu passei todos estes anos aqui, ao lado de seu pai, vendo-o sofrer dia e noite, e sofrendo junto com ele, e cheguei a pensar que realmente você estivesse melhor com seus avós do que com ele. Perdoe-me, Anita.

Anita se afasta de Sara, e diz:

— Tudo bem, Sara, eu devia saber que voltar a esta casa não seria algo tão simples. Tudo bem!

Neste instante entra na biblioteca a empregada, e avisa à Sara que o senhor Otávio está chegando em companhia da senhora Letícia.

— Anita! Seu pai está chegando, devemos ir para a sala, para recebê-lo — Sara fala com alegria.

Sara e Anita já estavam na sala quando a porta se abre. Anita sente o coração palpitar com mais intensidade; há muito tempo não via o pai, nem falava com ele. Como ele estaria? Como a receberia? E se fosse grosseiro com ela? E ela, o que diria a ele? Ele ainda seria aquele homem que ela tanto amava, ou seria outro, como as evidências demonstravam? Tudo isso só depois ela poderia saber.

Mas, ao contrário do que se esperava, quem rompe a porta da sala é somente Letícia, e vai imediatamente ao encontro de Anita, dizendo:

— Então você é Anita? Que moça linda você é, e o seu pai a escondendo de mim todo este tempo. — Letícia estende a mão para Anita. — Meu nome é Letícia, mas você já deve saber, eu sou a noiva do seu pai.

Anita a olha, aperta-lhe a mão, e confessa:

— Não, eu não sei quem é você. Mas tenho muito prazer em conhecê-la. — Sorri.

— Este momento pede mais que um aperto de mão formal entre duas pessoas que acabaram de se conhecer. Este momento pede um abraço carinhoso entre duas pessoas que vão fazer parte da mesma família, e que se tornarão grandes amigas. Você não acha, Sara?

Sara, que até então observava tudo, responde:

— Claro que sim, Letícia.

Letícia e Anita se abraçam fraternalmente, e assim ficam por alguns segundos até Letícia, sempre sorridente, dizer:

— É bom tê-la nesta casa, Anita, esta casa precisa de um espírito de jovialidade, isso sem falar que esta casa é sua.

Anita agradece sorrindo à Letícia, quando Sara pergunta:

— E o senhor Otávio, não veio com você, Letícia?

— Veio sim, claro. Não sei por que se demora. Deve ter ido estacionar, ele próprio, o carro na garagem. — Sorri para Anita. — Mas fale-me de você, Anita, gostaria de conhecê-la bem.

Sara sai da sala, Letícia e Anita se acomodam confortavelmente no sofá, e Anita inicia a conversa:

— Não sei por onde começar.

— Tente — insiste Letícia.

— Bem, moro com meus avós, estudo, e hoje vim aqui porque meu pai disse que queria falar comigo e, no entanto, desde que cheguei, eu ainda não o vi.

Neste exato momento, ouve-se a voz de Otávio dizendo:

— Eu estou aqui!

A frase soa aos ouvidos de Anita como a chuva caindo sobre o telhado, deixando a dúvida se amanhã haverá sol.

Anita se levanta do sofá e se põe a olhar para Otávio. Seus olhos brilham, e ela observa quanto Otávio está diferente, mais forte, com muitos cabelos brancos, um enorme bigode e a pele bem bronzeada.

"Será que devo acreditar que esse homem é meu pai?", perguntava-se Anita naquele momento.

Otávio não se detêve em olhar Anita e começou a falar:

— Vejo que você já conheceu Letícia!

— Sim — Anita responde com voz trêmula.

— Sara já lhe mostrou o seu quarto? Está tudo perfeito?

— Sim, está tudo perfeito. — Com o mesmo tom de voz.

Otávio se dirige até Letícia, pega-a pela cintura e sugere:

— Bem, neste caso, já podemos almoçar. — Caminhando em direção à mesa.

Anita, aturdida com o que estava acontecendo, pergunta:

— Será que antes do almoço você poderia perguntar se eu estou bem? — Completamente aturdida.

Letícia também fica perturbada e argumenta:

— Anita tem razão, Otávio! Você nem a cumprimentou, isso não é do seu feitio.

Otávio interrompe:

— Eu e ela sabemos exatamente como lidar um com o outro, você não precisa se preocupar. — Ríspido. — Vamos almoçar!

— Não! Eu não vou almoçar — diz Anita, atônita e decepcionada. — Você liga pedindo que eu venha aqui, alegando que quer me falar, eu não compreendo, meu Deus! — Anita já estava gritando. — O que você tem para falar comigo que foi preciso eu vir até esta casa, esta casa onde eu já não existo, e você sabe o porquê.

Otávio olha bem fixamente para Anita e se pronuncia:

— Acalme-se, menina, se eu a chamei aqui é porque tenho o que lhe falar, mas primeiro nós vamos almoçar — diz friamente.

— Meu nome é Anita! Não sou mais uma menina há muito tempo e você nem percebe isso...

Otávio e Letícia sentam-se à mesa e Letícia pede que Anita também se sente. Anita senta-se e todos almoçam sem trocar uma palavra.

Após o almoço, todos voltam à sala e Anita ainda nervosa fala:

— Eu gostaria que você falasse logo o que tem para falar, pois quero chegar cedo a casa.

— É sobre isso que eu quero falar com você — diz Otávio. — Você agora vai morar aqui conosco.

Letícia pergunta:

— Não é ótimo, Anita? Você, seu pai e eu, todos juntos, formando uma verdadeira família?

— Família... — repete Anita. — Eu não posso, Letícia. Adoraria... Adorei você e adoraria tudo, mas minha família morreu há cinco anos e eu morri para o que sobrou dela.

Otávio, enérgico, interrompe:

— Eu não admito que você fale desse modo, nesta casa, diante de mim!

Anita olha para Otávio e para Letícia. Fica em silêncio por um momento e diz:

— Tá legal, tá legal. Vocês querem que eu fique, então eu fico... Mas eu preciso saber qual o meu papel dentro desta casa. — Indo em direção a Otávio e fitando-o bem nos olhos. — De filha do dono, portanto dona, ou de uma pessoa a quem o dono dá de comer?

Otávio levanta-se violentamente e prepara-se para dar um tabefe em Anita, quando Letícia impede.

— Deixe, Letícia, deixe-o bater, ele vai se sentir melhor.

— À noite conversaremos! — diz Otávio, saindo para o escritório.

capítulo 3

Letícia convida Anita para passearem no jardim e ela aceita. Letícia fala:

— Puxa, não pensei que você e seu pai se dessem tão bem assim — diz, com suave ironia.

— Não brinque, Letícia, a coisa é séria. — Anita estava muito triste.

— Desculpe, Anita, eu só estava tentando amenizar a situação. — Anita lhe sorri.

— Letícia, você se dá bem com ele? — pergunta Anita, curiosa.

— Sim. Eu e Otávio sempre nos demos bem, na verdade eu o amo. Às vezes ele é meio durão, mas isso me agrada muito, eu me sinto protegida, amparada, segura — argumenta Letícia, confiante.

— Que bom, fico feliz por você, e por ele ter a encontrado.

— E você, Anita? Fale-me dessa relação com o Otávio.

— Quando minha mãe era viva, nós éramos muito felizes, ela tinha um ciúme de mim com ele enorme, ele me paparicava todo o tempo... Agora não me diz uma palavra de carinho, nem mesmo um gesto. — Angustiada.

— É, pelo que posso ver, você não é de falar muito — observa Letícia.

— Desculpe, Letícia, é que estou meio confusa. Não pensei que ele fosse me tratar tão friamente... Na verdade, eu sabia todo o tempo, mas preferi me enganar. O que eu poderia esperar que ele fizesse depois de tanto tempo? Que me recebesse em seus braços dizendo que me amava, que bom tê-la em casa?... Eu sou mesmo uma idiota! Era exatamente o que eu esperava.

 Letícia percebe a decepção e a dor nas palavras de Anita e tenta animá-la, dizendo:

 — Já que você esperava essa reação do Otávio, você não acha que ele também esperava uma reação de sua parte? — Anita a olha pensativa. — Claro que ele esperava! Nestes últimos dias, antes de você chegar, eu o tenho notado nervoso, aflito. Eu pensei que fosse por causa do nosso casamento, foi até egoísmo de minha parte, agora eu sei, e eu nem tentei ajudá-lo — refletindo. — Mas agora que a situação já existe, só depende de você fazer com que tudo volte ao normal.

 — Eu já nem sei mais como era o normal — Anita está melancólica.

 Letícia e Anita continuam o passeio pelo jardim, porém em silêncio e bastante pensativas.

 A musicalidade que se ouvia era das canções entoadas pelos passarinhos de várias espécies que ali viviam, e às vezes eram abafadas pelo som que os marrecos faziam enquanto nadavam no lago.

 O perfume que se sentia era exalado das mais variadas flores espalhadas por toda parte, cobrindo praticamente toda a superfície.

 Ao contemplar tudo isso, Anita volta ao passado e lembra-se dos dias em que ela e sua mãe plantavam as flores naquele imenso jardim. Ela lembra como se aquilo ainda fosse possível. Afofar a terra, fazer a cavidade, depositar a muda, cobrir a cavidade, e tornar a afofar a terra, e repetir todos os atos como se fosse um ritual, por inúmeras e inúmeras vezes.

 Anita desperta ao ouvir Letícia falar:

 — Anita, eu gostaria de contar com a sua colaboração para o meu casamento, eu sei que está com problemas com seu pai, mas quem sabe isso até tenha uma participação positiva em tudo que está acontecendo.

— Pode contar comigo, Letícia, pois eu conto com você, e muito... A propósito, quando é o casamento?

— Daqui a três semana — responde contente.

capítulo 4

Otávio chega do escritório para o jantar e avisa que terão convidados. Comunica à Anita que já mandou pegar todas as suas coisas que estavam na casa dos avós e já estão no quarto.

Anita vai até o seu quarto, e prepara-se para o jantar. Ao descer a escada, Otávio já está na sala, ela se dirige a ele e fala:

— Pai... — Ele a olha. — Eu gostaria de lhe pedir desculpas pelo que aconteceu no almoço. — Nervosa.

Otávio a olha sem se mover e diz:

— Eu só espero que não aconteça nada parecido agora, no jantar.

O telefone toca, Sara vai atender, a ligação é para Anita, que no momento está atônita, olhando para Otávio. Ela vai até o telefone, atende-o, é o seu avô querendo saber como ela está, ela diz que está tudo bem, que não precisa se preocupar, despede-se e desliga, no momento em que Sara avisa que os convidados estão chegando.

Otávio vai até o encontro deles, que estão cruzando a porta da sala. São eles Eduardo e Célia, amigos de muitos anos da família. Otávio os cumprimenta:

— Boa noite! Estávamos esperando-os. Como vai, Célia? — apertando-lhe a mão.

— Bem, e você Otávio?

Ele balança a cabeça e concorda que também está bem.

— Onde está Letícia? — Olhando para Anita. — Essa é Anita, Otávio? Como está crescida, já é uma mulher!

Otávio diz que sim, e que Letícia está na cozinha coordenando o jantar com Sara.

Anita se aproxima de Célia e a cumprimenta cordialmente, repetindo o cumprimento ao Eduardo.

Letícia vem à sala e comunica que o jantar já está pronto, todos se dirigem à mesa e em seguida o jantar é servido.

À mesa Célia começa a conversar:

— Anita, quanto tempo não nos vemos. A última vez que a vi, você ainda era uma menina, lembra-se?

— Claro que sim. Já faz muito tempo...

— Mas o tempo lhe fez muito bem — argumenta Célia. — Você está lindíssima. O que você acha, Eduardo?

— Eu concordo — comenta Eduardo. — Além do mais, você teve a quem puxar, está muito parecida com a sua mãe.

— Obrigada. Esse é o tipo de cumprimento que muito me envaidece — Anita fica sorridente.

Letícia intervém:

— Ainda bem que é a filha do Otávio. Eu não teria a menor chance concorrendo com ela. Não é mesmo, Otávio?

Otávio sorri sem grande entusiasmo e não menciona nenhuma palavra.

O jantar prossegue normalmente, sem grandes comentários. Na sala, já após o jantar, todos estão reunidos e a conversa recomeça, desta vez é o Eduardo quem fala:

— E você, Anita, o que tem feito?

— Não muita coisa. Estou cursando a faculdade de comunicação, no momento em férias, e tomando conta dos meus avós.

— E já tem planos para o futuro em termos profissionais? — insiste Eduardo.

21

— Nada ainda definido, mas penso em ocupar um espaço nos escritórios de meu pai — responde Anita, e volta os olhos para Otávio.

— Mas que fantástico! — Eduardo dirige a palavra a Otávio. — Você deve estar muito orgulhoso disso!

— Com certeza haverá um lugar para você nos escritórios — olhando para Anita. — Mas, Eduardo... O orgulho é algo que não me ilude — Otávio fala seriamente.

— O orgulho não o ilude, nem você me engana — diz Eduardo, e prossegue. — Gostaria de ver você com um filho como o meu, que preferiu fazer Educação Física a seguir os meus negócios!

— O Carlinhos está fazendo Educação Física? — pergunta Anita, curiosa.

Célia, que até então trocava ideias com Letícia sobre o casamento, intervém na conversa dizendo:

— Sim. Você precisa vê-lo, como ele está bonito! Está o dobro do tamanho do pai, bem musculoso. Não é por ser mãe-coruja não, mas ele está muito lindo — sorrindo. — E você soube que ele se casou? — pergunta à Anita.

— Não. Eu não acredito que Carlinhos já tenha se casado. Há quanto tempo? — pergunta Anita.

— Há um ano e meio! — diz Célia, feliz e orgulhosa.

— Que bom, fico feliz, mas estou impressionada. Eu me lembro de quando matávamos aula para jogarmos pin... — Anita interrompe o que ia dizer e depois conclui. — ... pingue-pongue.

— Continua a mesma coisa — interrompe Eduardo. — Carlinhos joga pingue-pongue o tempo todo, eu não sei como ele consegue.

— E você, também joga pingue-pongue, Anita? — pergunta Letícia, que até então ouvia todo o assunto.

— A Anita foi campeã no colégio, ela e o Carlinhos — explica Eduardo. — Você se lembra, Otávio, de quando íamos assistir aos campeonatos?

— Lembro-me, claro. Anita ganhou muitos troféus... prêmios... e medalhas! — responde Otávio, observando Anita.

— Você continua jogando como antes, Anita? — pergunta Célia.

— Não.

— Que bom! Porque, do jeito que o Carlinhos gosta de jogar, o pingue-pongue deixou de ser um esporte para ser uma necessidade — constata Eduardo. — Eu admiro muito a Márcia. Ela consegue conciliar com o Carlinhos o trabalho, o esporte e o papel de marido que ele tem de desempenhar.

— É verdade, a Márcia é uma pessoa maravilhosa — confirma Célia. — Na primeira oportunidade, eu vou apresentá-la a você, Anita.

— Gostaria muito, vai ser um prazer!

— E você, Otávio, não fala? — pergunta Eduardo. — Preocupado com a aproximação do casamento?

— Não, até que não — responde Otávio.

— Onde pretendem passar a lua de mel? — pergunta Célia à Letícia.

— Nós estamos pretendendo fazer uma viagem à Europa, coisa rápida por causa dos negócios do Otávio — Letícia sorri feliz.

— Se o Carlinhos souber, vai pedir que você traga um par de raquetes, como aquele que você trouxe para Anita, quando viajou — diz Eduardo a Otávio. — Você se lembra? — Otávio balança a cabeça concordando. — Você ainda as tem, Anita?

— Eu acho que sim. Mas não sei onde estão — Anita fica entristecida.

— Devem estar na garagem, eu me lembro de ter visto a mesa desarmada — comenta Letícia, quando Otávio interrompe:

— Estão com a Marta! — Olha para Anita e prossegue. — Ou você não se lembra de tê-las emprestado a ela?

Anita o olha perplexa com o que acabara de ouvir e responde.

— É claro que me lembro, só não poderia imaginar que ainda estivessem com ela...

— Você já viu a Marta? — pergunta Célia à Anita.

— Não, ainda não. Mas amanhã vou visitá-la sem falta — afirma Anita.

— Sobre o que estão conversando os cavalheiros? — pergunta Letícia ao observar que Eduardo e Otávio estão gesticulando.

— Estávamos falando sobre a recepção do nosso casamento. Estou dizendo ao Eduardo que será uma cerimônia rápida, e os convidados serão apenas os familiares e os amigos mais íntimos — comenta Otávio.

— Isso mesmo — prossegue Letícia. — Nós não queremos nada de badalação, de preferência o mais simples possível.

— Eu acho ótimo! — concorda Eduardo. — Festas muito badaladas dão sempre margem aos comentários inadequados.

Letícia aproveita a carona oferecida por Eduardo e Célia, despedem-se e todos vão embora.

capítulo 5

Na sala, Anita se encontra em uma extremidade e Otávio na outra, já se dirigindo ao quarto através da escada, quando ouve Anita falar:

— Pai... — Otávio se volta para Anita e a olha. — Eu sei que está tarde e você quer dormir, mas eu preciso lhe perguntar uma coisa.

Otávio balança a cabeça consentindo e Anita prossegue.

— Por que a Marta, durante todo este tempo, não veio devolver as raquetes?

— Ela veio — diz Otávio, sem sair do lugar.

— E por que não estão aqui?

— Eu não as recebi.

— Por quê?! — Furiosa.

— Porque foi você quem as emprestou, e era responsabilidade sua ir buscá-las ou recebê-las!

— Então é isso! — Magoada. — Eu também sou responsável pela morte da mamãe! Não é isso?

— Nós dois temos a nossa parcela de culpa.

— Eu não tenho culpa de nada! — Atônita. — Mas você me julgou e me condenou! Você acha que, se eu soubesse o que iria acontecer, eu teria pedido a ela que fosse buscar as raquetes? — Anita se dirige à escada e fica no primeiro degrau, Otávio a ouve e a observa. — Você se lembra do que me disse na noite em que me deixou na casa do vovô? Eu me lembro! Você disse: "... só volte àquela casa quando estiver isenta de culpa!" Durante quase todos estes cinco anos, eu acreditei que realmente era culpada. Que, se eu tivesse feito alguma coisa, ela não teria morrido...

— E não teria mesmo! — Otávio fita Anita. — Eu deveria ter impedido...

— Foi um acidente, ninguém pode prever e ninguém é responsável!

— Ela não precisava ter ido... — Otávio está arrependido.

— Mas não sabíamos o que iria acontecer! — Anita começa a chorar. — Se ainda me culpa, por que me trouxe de volta? Você nunca se importou comigo!

— Eu me importo — Otávio fala, abaixando a cabeça.

— Por que não olha para mim?

— Porque você me lembra sua mãe.

— E você a odeia, não é?

— Não! — responde imediatamente. — Eu odeio não ter impedido o que aconteceu. Ela não precisava ter morrido!

— E, olhando para mim, você se culpa ainda mais. Meu Deus! — Desesperada. — Por que me trouxe para cá então, se você tirou todas as fotos della desta casa!? Será que você não vê que ela está presente em cada centímetro, em cada objeto, no ar que respiramos, em cada flor do jardim? Que ela está presente em mim!?

Otávio a olha por um momento e responde:

— Não vamos mais falar sobre isso.

— Mas eu não posso! Você tirou cinco anos da minha vida e não quer falar sobre isso?! Quando mamãe morreu, eu não perdi somente ela, eu perdi você também. — Anita se encosta na parede e olha em direção ao nada, fica em silêncio e em seguida começa a falar. — Você se lembra de quando pela manhã ia ao meu quarto me acordar? Nós tomávamos café juntos, você me levava até a escola, você me dava um beijo e ia trabalhar. Na hora da saída, você estava me esperando. Você me levava para almoçar fora, às vezes a mamãe também ia, você fazia isso duas vezes por semana. Eu me sentia a menina mais feliz do mundo. — Anita volta a olhar para Otávio. — Você não imagina o inferno que foi minha vida estes últimos anos! Eu tinha 15 anos e tinha que carregar comigo uma culpa que pesava mais do que eu podia suportar. Na escola, quando eu ouvia o quicar da bolinha na mesa ou na raquete, eu tremia de pavor. Sempre vinha à minha mente a imagem da mamãe na estrada, perdendo a direção, batendo na mureta da ponte e caindo no rio. Eu via cada detalhe, até vê-la morrendo... As pessoas passavam por mim e me perguntavam se eu precisava de alguma coisa, se estava tudo bem. Eu olhava para elas e percebia que eu nunca as havia visto antes. Eu ainda tinha o mesmo nome, mas era outra pessoa, sem pai, sem mãe, sem amigos e sem lembranças, eu só tinha culpa! Eu tentava entender, mas não conseguia. Vovó e vovô tentavam me explicar, diziam que era muito difícil para você, e que você precisava de um tempo para tudo voltar ao normal, e eu continuava esquecida. Passaram-se cinco anos e está tudo como antes. Por quê? Por que você nunca tentou fazer com que fôssemos felizes?

— Eu lamento tudo isso, Anita — diz Otávio, lentamente. — Eu sofri muito com a morte de sua mãe, e aquele homem de antes, que era feliz e que você conheceu, morreu com ela. O homem de hoje não precisa ser feliz.

— E o homem de hoje tem algum tipo de sentimento? — pergunta Anita, atordoada.

— Eu também não preciso de sentimentos.

— Eu amava o homem de antes! Quanto ao homem de hoje, eu não sei.

Anita olha para Otávio, enquanto ele sobe a escada e se dirige ao quarto, sumindo aos olhos dela. Ela se senta nos degraus da escada e ali chora por muito tempo, até adormecer.

capítulo 6

— Acorde, Anita, já passam das 10 h! — Sara, tentando acordar Anita, que está dormindo, já em seu quarto.

Anita abre os olhos e olha assustada para Sara, que diz:

— Bom dia!

— Bom dia — responde Anita. — Foi você quem me trouxe para cá?

— Não, por quê?

— Eu não me lembro de ter vindo para cá ontem à noite, a última coisa de que me lembro é que estava na escada...

— E o que você estava fazendo lá?

— Nada, nada importante.

— Então eu vou descer e preparar o seu café, está bem?

— Está ótimo, obrigada.

Anita desce, toma o café e pergunta à Sara se Marta ainda mora no mesmo lugar. Sara responde que sim, e Anita avisa que vai até lá; caso o pai pergunte por ela, que Sara lhe diga que não a espere para o jantar. Anita pega o Jeep e a estrada, indo até a casa de Marta.

A casa onde Marta mora se mistura com as casas vizinhas, deixando Anita um pouco em dúvida, mas acaba por reconhecê-la.

Anita, ao chegar, pede para falar com ela, e logo vão chamá-la. Quando Marta chega à sala e vê quem a espera, exprime um enorme sorriso de satisfação e grita:

— Anita! — Dirige-se até Anita, e esta lhe sorri. — Então é verdade, você voltou! — Abraçando-a.

— Minha amiga Marta — Anita está sorrindo e olhando para ela. — Como vai você?

— Eu estou ótima! Quero saber de você. Quando voltou? Onde se meteu todo este tempo?

— Isso é uma longa história...

— Mas você vai me contar tudinho. Afinal de contas, você me deve uma explicação. Aliás, não só a mim, mas a todo o nosso pessoal.

Anita torna a abraçá-la e afirma:

— É muito bom ver você! — Com profunda sinceridade. — Onde estão seus pais e o Pirralho? — pergunta, enquanto se sentam.

— Saíram todos. O Pirralho agora está maior do que nós duas juntas.

— É mesmo? Que barato!

— Ontem à noite, quando o Carlinhos me ligou dizendo que você estava em casa, eu pensei que fosse gozação, mas aí eu pensei: se Anita sumiu de uma hora para outra, ela iria aparecer da mesma forma. E eu estava certa.

— Não é tão simples assim, Marta... — Melancólica.

— Anita, nós sempre fomos amigas. Estou aqui para o que der e vier, da mesma forma de antes.

— Eu sabia que podia contar com você. Apesar de tanto tempo de omissão, eu sempre soube que você é uma pessoa em quem sempre se pode confiar. — Sorri e prossegue. — O que aconteceu aqui de novo, desde que eu parti?

— Não muita coisa. As pessoas continuam as mesmas, levando suas vidinhas medíocres. Ah! Lembra-se do Daniel, que era louco por mim? — Anita gesticula que sim. — Entrou para a Marinha, e está viajando todo o mundo; recebi dele um cartão-postal de Londres. — Anita ouve atentamente. — O Luizinho sumiu de repente, nem a família sabe dele; dizem que foi assassinado. — Anita se horroriza e Marta prossegue. — Da nossa turminha, a Cláudia se casou, Lívia se casou com o pastel do Salvador, aquele chato que não deixava a gente colar nas provas de álgebra. E eu nunca sabia de nada que caía na prova! — Ambas riem. — Júnior está trabalhando com o pai, Tuninho largou os estudos, está à toa. — Anita recrimina. — A única coisa boa é que nas férias, todas as tardes, os colegas do Pirralho vêm para cá, um bando de garotas e carinhas chatíssimos, jogar pingue-pongue.

— Se os colegas do Pirralho são chatos, onde está a coisa boa? — pergunta Anita.

— Ah, ah! O melhor eu deixei para o fim. É o seguinte, quem ensina pingue-pongue à galerinha do Pirralho é o Carlinhos, que traz o Beto como assistente.

— E quem é o Beto?

— Beto é o homem mais lindo que eu já conheci e, cá entre nós, o mais gostoso também — diz, com sorriso de malícia.

— E você está apaixonada?

— E você acha que eu sou doida? Ainda não, mas quase... E você está com alguém?

— Não, nada sério.

— Ah! Eu esqueci. O Carlinhos também se casou.

— É, eu sei. Os pais dele estiveram lá em casa ontem à noite.

— Ele continua apaixonado por você. — Anita a ouve confusa.

— Eu estava me lembrando outro dia, com ele, daquela vez que você combinou com o Ronaldo de irem ao cinema. Ele ouviu vocês marcarem e ficou furioso, veio aqui, arrastou-me até a sua casa, com a desculpa que a gente estava a fim de jogar pingue-pongue; você não se opôs e acabou jogando com a gente. — Anita se lembra e começa a rir. — Jogamos quase a noite toda; quando passamos pelo cinema, Ronaldo ainda estava lá a esperando. Fiquei com tanta pena dele... O Carlinhos adorou.

— É mesmo, eu acabei me envolvendo com o jogo, aliás, como acontece sempre, e esqueci-me do Ronaldo.

— Meu Deus! A gente falando em jogo, e eu com as suas raquetes. Quase me esqueci, vou pegá-las.

Anita fica na sala esperando Marta voltar.

— Estão aqui! — Marta já está de volta à sala e as entrega à Anita, que as recebe e fica fitando-as. — Eu fui devolver ao seu pai, e ele não quis receber. Achei tão esquisito.

— Eu sei, ele me falou. — Anita permanece com as raquetes na mão e fica olhando-as como se quisesse descobrir alguma coisa que ali se encontrava e que explicaria tudo o que havia acontecido, mas não havia nada.

Anita se volta para Marta e diz:

— Você pode ver algo de nocivo nessas raquetes?

— Nocivo? — Surpresa. — Não, não posso.

— Durante muitos anos, eu acreditei que elas fossem tudo de mais nocivo em minha vida. — Pensativa.

— Você está falando, falando, mas ainda não falou por que você foi embora daqui. — Marta volta ao assunto.

— Mas eu não queria ir. — Triste. — Meu pai me levou daqui após a morte da mamãe.

— Eu me lembro, ele ficou muito perturbado com o que aconteceu.

— Todos se lembram dele. Da dor dele, do sofrimento dele. E de mim?! — Gritando.

— Você não estava aqui, Anita.

— Mas eu sofria, Marta! Mais ainda por estar longe, sozinha...

— Onde você estava? Ninguém sabia de você.

— Depois da morte da mamãe, papai me colocou no carro e saímos. Eu não sabia para onde estávamos indo, nem o porquê. Chegamos à casa do vovô, papai abriu a porta do carro e me mandou sair. Eu olhei para ele sem entender o que estava acontecendo; mesmo assim, saí. Ele fechou a porta, olhou para mim e disse... eu nunca vou me esquecer do que ele me disse: "Só volte àquela casa quando estiver isenta de culpa!"

Marta ouvia silenciosa e sentia o seu lamento.

— Foi aí que entendi. Ele estava me culpando pela morte da mamãe e me punindo. Eu cheguei à casa dos meus avós só com a roupa do corpo. Ele deixou bem claro que, dali para a frente, seria só eu.

— E você aceitou tudo isso sem fazer nada, Anita? — pergunta Marta, perplexa.

— O que eu podia fazer?! — pergunta Anita, gritando.

— Tudo, Anita! Gritar, espernear, voltar, pedir socorro, ligar...

— Eu não podia, Marta!

— Por que não?

— Eu era mesmo culpada!

— Mas culpada de quê? Por quê?

— No dia em que aconteceu o acidente, eu havia pedido à mamãe que viesse aqui pegar estas raquetes. — Anita aperta as raquetes entre as mãos. — Ela disse que viria, mas Carlinhos chegou cedo lá em casa e as raquetes ainda estavam com você. Começamos a jogar com as do Carlinhos, mas eu queria as minhas. Eu vi mamãe nos olhar pela janela e em seguida ela estava saindo apressada, fui até ela e perguntei se ela viria aqui; ela me olhou, deu-me um beijo e disse "sim". — Anita começa a chorar. — Mas ela nunca chegou...

Marta vai até Anita, aperta-lhe as mãos entre as suas e diz:

— Anita, isso não faz de você culpada.

— Eu demorei muito tempo para descobrir isso. E aí já era tarde demais.

— Mas tarde por quê? — Inconformada.

— Eu sabia que papai me culpava e tive medo de descobrir que os meus amigos também me culpavam. Eu não suportaria! Quando consegui perceber e aceitar que não era culpada, eu tive mais medo ainda; medo de os meus amigos terem me esquecido e, pior que isso, terem me julgado, condenado e punido, como o meu pai.

— E aí você sucumbiu? — pergunta Marta, irritada. — Você disse: "Estou com medo, é melhor deixar tudo como está; não vale a pena eu me arriscar". Não foi isso o que você fez?

— Eu sei exatamente o que você está pensando, mas eu já havia sucumbido há muito tempo. Eu era outra pessoa, com outra história e outra vida.

Marta percebe nos olhos de Anita todo o sofrimento pelo que ela passou e ainda constata que esse sofrimento não acabou e talvez não acabe nunca. Marta a conforta:

— Anita, minha amiga, Anita! Agora está tudo bem, você voltou e vamos ser felizes de novo. — Tentando animá-la.

Aquilo era tudo o que Anita sempre desejou ouvir, mesmo sabendo que não era exatamente verdadeiro; mesmo assim, era muito bom ouvir, e ela acaba sorrindo com confiança.

capítulo 7

Já passava da hora do almoço. Marta e Anita estavam com muita fome e foram comer alguma coisa na cozinha. Marta havia dito à empregada que não era preciso fazer o almoço, pois estaria sozinha em casa.

Depois de comerem, Marta convidou Anita para que jogassem pingue-pongue, mas Anita não aceitou. Marta insistiu e Anita acabou cedendo.

Prepararam a mesa, cada uma tomou seu lugar e Marta sacou, a bola quicou no lado da mesa de Anita e esta nem se moveu. Marta começou a rir, pegou a bola e tornou a sacar, o mesmo se repetiu. Marta ficou curiosa e perguntou:

— O que houve, Anita?

— Eu não posso... — respondeu Anita, com a voz trêmula. Pegou a raquete e a atirou contra a mesa com violência.

Marta fica preocupada, pega a raquete e fala:

— Está tudo bem, Anita. A gente não precisa jogar... — Com ar tranquilizador. — Agora eu acho que você precisa tomar mais cuidado com a raquete. O Carlinhos tem tratado delas como se fossem pedras preciosas.

Anita as pega, observa-as e comenta:

— É verdade, elas estão como novas. Foi o Carlinhos quem as conservou assim?

— Foi. Sabe por quê?

— Não, por quê? — Curiosa.

— Porque era tudo de melhor que ele tinha de você e queria manter sempre perfeitas. Como você era na cabeça dele.

Anita pensa por um momento, sorri e lamenta:

— Muita coisa poderia ser diferente, mas o tempo passou, eu saí da vida de vocês; ele se casou e eu tenho de começar tudo de novo...

— Anita, eu acabei não falando, mas ontem à noite, quando o Carlinhos me ligou, ele pediu que você não fosse embora antes de ele chegar. Ele quer muito a ver.

— Eu também quero vê-lo.

— Seria bom você estar preparada, ele não desistiu de você.

Elas acabam por passar o resto da tarde ouvindo música juntas até a chegada de Carlinhos e Beto.

Quando Carlinhos vê Anita, este não se contém, corre ao encontro dela, segura-a pela cintura, eleva-a por sobre a sua cabeça e rodopia gritando:

— A minha menininha voltou! — Sempre sorridente, põe-na no chão, olhando bem em seus olhos, e torna a falar. — Você não precisa dizer nada, basta ficar aqui assim, perto de mim, para sempre. — Ele a abraça com veemência.

— É muito bom ficar assim com você, estava morrendo de saudades. — Ela aconchega-se ainda mais a ele.

Os quatro saem, vão a um barzinho tomar cerveja e comer pizza; mas Carlinhos e Anita só têm olhos e ouvidos um para o outro.

Eles deixam Marta e Beto e vão passear na praia, sempre de mãos dadas, ficam contemplando o mar à procura do reflexo das estrelas que brilham naquele imenso céu negro da noite.

— Você não pode imaginar quanto estou feliz — diz Carlinhos.
— Eu nem acredito que estamos aqui juntos, eu e minha menininha. — Sorri.

Anita solta a mão dele, vai até a água e molha o rosto. Ao voltar, olha Carlinhos e fala:

— Eu sonhei tanto em vê-lo de novo. — Melancólica. — Pensei que você me havia esquecido!

— Não, nunca! — diz Carlinhos, indo até ela e tornando a passear. — Eu tentei descobrir onde você estava, fui até o seu pai, tentei falar com ele, mas ele disse que não tinha nada para falar comigo. Ia todos os dias à casa de Marta à procura de notícias, mas era em vão. Eu brigava na escola, não conseguia me concentrar nas aulas, não comia direito. Cheguei a ficar doente, pensei até em procurar um analista. — Anita ouvia a tudo com a mesma tristeza com que ele falava. — Mas eu sabia! Na verdade, eu sempre soube que você voltaria para mim! — confiante. — E voltou muito mais linda. — Ele a aperta entre os braços e beija-lhe o rosto, olham-se por um momento e beijam-se.

— Eu não queria ter partido daquele jeito — Anita, tentando se explicar.

— Não importa. Agora eu vejo que nada importa, a não ser você e eu. — Ele tenta beijá-la novamente, mas ela o detém.

— É muito bom estar aqui com você, eu desejei cada momento. Eu estou muito feliz, mas nossas vidas mudaram, tomamos caminhos diferentes, e não adianta fingir que não aconteceu nada.

— E o que sentimos, não tem valor? — pergunta, confuso.

— Claro que tem, e devemos preservá-lo.

— Anita, eu amo você! Eu vivi esse amor todo esse tempo e você me diz que temos de preservá-lo?! — Ele a olha, descrente. — Olhe para mim e diga que não me ama, que não me deseja!

— Eu não posso — diz Anita, sem olhá-lo. — É tarde, eu tenho que ir.

— Fique mais um pouco — ele pede.

— Não posso. É tarde para você também. É melhor irmos embora.

— Posso vê-la amanhã?

Anita lhe sorri, consentindo:

— Estarei na casa de Marta à tarde.

Anita lhe beija no rosto e se vai.

Ao chegar a casa, Otávio a está esperando. Quando ela cruza a porta da sala, ele pergunta:

— Isso não é hora para uma pessoa que saiu de casa pela manhã retornar!

— Eu disse à Sara que não me esperasse para o jantar — dirigindo-se para a escada.

— O que esteve fazendo todo esse tempo? — Autoritário.

— Eu estive na casa da Marta, vivendo o meu presente, revivendo o meu passado e, acima de tudo, cumprindo a minha responsabilidade — diz secamente, ao exibir em suas mãos as raquetes.

— Não quero que isso mais se repita, entendeu? — agindo com frieza.

Anita o olha em silêncio e sobe a escada, indo até o seu quarto.

capítulo 8

Anita toma seu café, sozinha; Otávio já havia saído para o escritório. Ela dá um longo passeio de bicicleta por toda aquela imensidão de jardim, fica pensando no que aconteceu a noite passada entre ela e Carlinhos. Que coisa boa saber que, depois de tanto tempo, ele ainda a amava, não com aquele amor de adolescente de outrora, mas com amor puro e verdadeiro que precisava ser correspondido; e ela sentia o mesmo, mas não podia se entregar a esse amor. Ora, por que não? Se tantos outros casamentos já foram desfeitos! Mas nenhum por ela. E talvez ele não amasse a atual Anita com o mesmo entusiasmo que a amaria, se nada tivesse acontecido. E que importância teria? Eles eram homem e mulher e se amavam, era o suficiente.

Letícia chega à tarde e encontra Anita no jardim lendo um livro, quando a cumprimenta:

— Olá, Anita! Como vai? — Sorri. — Vim buscá-la para fazermos compras!

Anita a olha surpresa, não tinha a menor intenção de fazer compras. Reluta por um instante, mas em seguida concorda em ir; antes, porém, pede que Sara ligue para Marta avisando que não poderá ir até lá, pois estaria fazendo compras com Letícia.

Juntas elas foram a vários shopping centers, Letícia não se detinha diante de nenhuma loja, ela entrava em todas, e de cada uma delas acabava sempre comprando alguma coisa.

Letícia se encantava a cada novo objeto em que punha os olhos, observava-o lentamente; cada detalhe, e por fim o levava com ela.

Para cada compra, sempre consultava Anita a respeito, mas pouco importava se agradava ou não a ela; Letícia queria comprar.

Comprava desde um copo de água até um computador, tudo com a justificativa de que era preciso por causa do casamento, o que fez Anita perceber que apenas uma tarde não seria suficiente para as compras de Letícia; na verdade, nem mesmo duas tardes. Seria preciso a semana e talvez mais, para desespero de Anita. E foi exatamente o que aconteceu, saíram juntas todos os dias da semana. Andavam em todas as lojas, jantavam fora e chegavam bem tarde a casa, completamente exaustas. Mas tudo era muito divertido.

Finalmente chega sexta-feira, e Anita consegue convencer Letícia a chegar mais cedo em casa, pois ela confessa que não estava preparada para tantas compras. Letícia não se opõe, deixa-a em casa e sai com Otávio.

Ao chegar, Sara informa à Anita que Marta deseja falar-lhe. Anita pede que Sara ligue para Marta pedindo-lhe que venha até lá, e assim é feito.

No jardim, Anita espera por Marta, que chega logo em seguida; cumprimentam-se afetuosamente e Marta comenta:

— Tenho tentado falar com você, mas como é difícil! Nunca está em casa.

— Eu tenho feito mil e umas compras com a Letícia para o casamento dela. Mas a Sara não me avisou, senão teria ligado para você.

— Eu não deixei recado, a não ser hoje, que já estava achando que não conseguiria.

— Conseguiu por pouco; se dependesse de Letícia, estaríamos comprando alguma coisa em qualquer lugar! — Elas riem.

— O Carlinhos esperou por você todos os dias. — Anita a ouve com interesse. — Está achando que você está fugindo dele.

— Eu não estou! — exclama maquinalmente, quando vê que Marta a olha, prossegue. — Talvez eu esteja... — Preocupada. Marta fica em silêncio. — O que você acha? — pergunta, pedindo ajuda.

— Eu não sei... Você o ama?

— Amo! — Sorri. — Disso eu tenho certeza.

— Se você o ama, se ele a ama, você deve ficar com ele.

— Eu vou ser a outra? — pergunta, aflita.

— Isso só vai depender de você. Mas de uma coisa eu sei, Anita, não devemos desperdiçar nenhuma oportunidade de que possamos nos arrepender depois. — Anita a olha enternecida, e volta seus olhos para a noite. — Mas eu vim aqui para falar de outra coisa.

— E o que é?

— Eu, Carlinhos, Pirralho e Beto tomamos a liberdade de organizar uma festa para amanhã à noite em comemoração a sua volta. Nós sabemos que você vai cancelar todos os outros compromissos em função deste. Sua presença é primordial.

— Eu estou lisonjeada. De você eu só poderia esperar mesmo algo de surpreendente. Muito obrigada.

— Isso significa que você vai? — Sorri para Anita, e esta diz que sim. — Porém, eu gostaria de preveni-la que Carlinhos vai levar a esposa. — Anita fica aturdida. — Mas, afinal, é só uma festa.

capítulo 9

Anita já está pronta para ir à festa, quando Otávio lhe fala:
— Aonde você vai assim?
— Assim como?
Ele fica a olhando, mas nada responde.
— Bonita!? É isso o que queria dizer?
Ele permanece em silêncio.
— Eu vou à festa na casa de Marta! — diz por fim.
— Marta dá muitas festas todos os dias! Eu e Letícia vamos ao teatro, ela vai ficar contente por você também ir — afirma seriamente.
— Mas eu não vou! Eu vou à festa.
— Com certeza na semana que vem haverá outra festa, e você poderá ir, e Letícia vai estar muito ocupada com o casamento, sem tempo para ir ao teatro.
— A Letícia pode ir ao teatro hoje! — Irritada. — E eu, à festa.
— Eu quero que você vá ao teatro conosco! — Decidido.
— Você sabe que tipo de festa é essa a que eu vou? — Anita está furiosa. — É uma festa organizada pelos meus amigos em homenagem à minha volta! A festa que, em um dia de loucura na minha vida, imaginei que você fosse capaz de me dar...

Otávio fica em total silêncio.

— Diga à Letícia que eu desejo um ótimo teatro para ela. — Sorri e sai.

A festa já se encontra com bastante animação. Anita entra sem ser percebida, tamanha a agitação do momento, até que Marta a descobre e vai encontrá-la, dizendo:

— Anita! Chegou em boa hora. — Marta a olha e comenta. — Como você está elegante!

— É que eu vou a uma festa! — sorri, brincando.

— E pretende conquistar alguém nela?

— Você acha que é preciso?

— É claro que não. Venha, vamos falar com o pessoal.

Marta a leva ao encontro de todos. Revê Pirralho, que até então não vira, e constata que realmente está crescido, porém brinca dizendo que não mudou muito desde a última vez que o vira, principalmente no tamanho. Encontra-se com as amigas da escola, conhece seus respectivos maridos, conversam sobre o que aprontaram quando estudavam juntas, relembram fatos engraçadíssimos daquela época. Realmente todos demonstram grande entusiasmo com a volta de Anita, o que a deixa muito feliz.

Marta tira Anita do círculo que se formava em volta desta e a leva para a cozinha, e fala:

— Anita, eu queria comemorar a sua volta com um brinde entre nós, então consultei papai para saber o que ele achava da ideia, ele disse que era muito boa. Mas eu tinha um problema, não sabia com que bebida brindar. — Anita começa a rir. — Perguntei se papai poderia sugerir. Sabe o que ele sugeriu? — Marta espera uma resposta de Anita e esta diz que não sabe. — Sugeriu champanhe! Mas eu fiquei pensando: champanhe é muito formal, eu queria algo mais descontraído. Aí convenci-o a me dar isto! — Marta exibe uma garrafa e conclui. — Whisky! Importado, é claro.

Elas começam a rir.

— Marta, você é louca! — rindo.

— Tenho a impressão de que já me disseram isso antes. — Marta põe o whisky nos copos. — Um brinde à sua volta!

— Um brinde à nossa amizade!

De repente, ouve-se uma voz dizendo:

— Posso participar do brinde?

É Carlinhos que acabara de chegar. Anita e Marta se olham e esta fala:

— O brinde era particular... Mas acho que podemos abrir uma exceção.

Todos brindam. Ao voltarem à sala, os três se reúnem com os amigos que estavam à espera de Anita.

Carlinhos pede que Marta apresente Márcia à Anita, pois não saberia como fazê-lo. Marta concorda em fazer o que ele pede, mas adverte-o de que talvez não esteja por perto da próxima vez que precisar.

— Márcia! Esta é Anita, a nossa convidada de honra! — diz Marta, exibindo um sorriso ao lado de Anita.

— Como vai? — Márcia estende a mão, que é apertada por Anita. — Carlinhos fala muito de você!

— É, ele é um grande amigo — Anita comenta, desconsertada.

— Pretende ficar muito tempo?

— A princípio, não. Mas ainda não sei ao certo.

— Deveria ficar, todos gostam muito de você.

— É... Devo acabar ficando mesmo.

Neste instante, aproximam-se Beto e Carlinhos. Beto convida Márcia para dançar, convite que Carlinhos repete à Anita. Após Márcia aceitar, Anita também aceita.

— Sua esposa é muito bonita — Anita fala para Carlinhos.

— Não mais do que você. — Sorri.

— Ela é muito gentil, provavelmente também é muito atenciosa.

— Todas as minhas atenções são para você.

— Eu estou falando dela! — Anita afasta seu corpo, do dele.

— Eu estou falando de nós! — Ele torna a aproximar-se dela.

A música termina e Anita deixa Carlinhos, indo se refugiar em companhia de Marta.

A festa prossegue normalmente com grande animação. Só em plena madrugada é que as pessoas começam a ir embora. Despedem-se afirmando que a festa foi maravilhosa, como o motivo que a inspirou.

Márcia se despede de Anita dizendo que gostará muito de vê-la de novo, o que Anita concorda que é recíproco.

Carlinhos pede que Anita o espere pois voltará em seguida; ela nada diz, mas acaba esperando por ele.

Carlinhos, ao voltar, encontra Anita no Jeep, preparando-se para ir embora, e ele fala:

— Você não ia esperar por mim? — pergunta, receoso.

— Eu não deveria esperar por você. Você não deveria ter voltado. Eu não deveria estar aqui. Você deveria ter ficado em casa... — Confusa. — Deus! Como eu queria que você voltasse logo...

Ele sorri e a abraça. Olhando para ela, diz:

— Desculpe por hoje à noite, mas eu não tinha alternativa. Eu não queria aborrecê-la.

— E eu não queria que nada disso estivesse acontecendo...
— Ainda confusa.

— É melhor sairmos daqui — Carlinhos a olha sorrindo.

— É, alguém pode nos ver e pensar que estamos nos encontrando às escondidas. Podem pensar que eu sou a outra e isso pode nos causar problemas. — Anita sorri, sem entusiasmo.

Carlinhos a olha sem nada dizer, entram no Jeep e saem. Chegam até uma praça. Já passava da madrugada e o dia começava a querer nascer, tudo estava deserto.

— Não quero que pense que é a outra — se sentado no banco da praça ao lado de Anita.

— E o que devo pensar? Ele fica em silêncio. — Eu quero muito estar aqui com você, mas algo me diz que não devo. A gente pode se magoar e, o que é pior, magoar os outros...

— Mas podemos também ser felizes! Você não está feliz? — pergunta Carlinhos.

— Eu não sei. Estou muito confusa, cheia de dúvidas, sentindo-me culpada.

— Anita! Pense em nós, eu a amo! Ninguém no mundo a ama mais do que eu!

Anita o olha profundamente, e sente em seu íntimo o teor das palavras proferidas por Carlinhos. Nisso ele tinha razão, ninguém a amaria mais do que ele naquele momento e talvez em toda sua vida, e ela também o amava.

Anita o olha ternamente, abraçam-se e beijam-se.

Começa a cair uma chuva fina, eles tentam se abrigar como podem sob as árvores, mas a chuva fina se transforma numa tempestade típica de verão, deixando-os completamente encharcados.

— Você toda molhada é ainda mais linda — Carlinhos sorri, adorando a situação.

— E você parece um passarinho, todo arrepiado — Anita corresponde ao sorriso.

— Que tal se encontrássemos um ninho bem aconchegante para passarmos juntos o que nos resta desta noite? — Anita sorri, concordando.

capítulo 10

Anita chega a casa pela manhã, com a roupa ainda úmida e amarrotada, seus cabelos eriçados e seu aspecto é de cansaço. Letícia, que já se encontrava em casa, fala:

— Nossa, você está horrível! Isso significa que a festa foi um sucesso ou um fracasso? — Surpresa.

— Ainda não sei ao certo — diz Anita, sorrindo e se dirigindo à escada, para ir ao seu quarto, sem dar muita atenção à Letícia.

— Não vai me contar como foi? — pergunta Letícia.

— Vou, claro, mais tarde. Mas tenho certeza de que não foi mais interessante que sua ida ontem ao teatro com papai. A propósito, ele perguntou por mim? — Preocupada.

— Não. Para ele, você está dormindo em seu quarto, tranquilamente. — Sorri.

— Não vamos decepcioná-lo, não é mesmo, Letícia? — Anita já está à porta do quarto esperando uma resposta.

— Claro que não. — Sorri.

Anita estava exausta e dorme por toda a manhã; ao acordar, encontra-se com uma melhor aparência, mais disposta. Sai do quarto, desce a escada correndo e chama por Sara. Sara chega até a sala assustada e fala:

— Estou aqui, Anita! O que houve?

— Sara, eu estou morrendo de fome. Quero um super-café da manhã!

— Mas, Anita, é hora do almoço, seu pai e Letícia acabaram de pedir para que eu preparasse a mesa no jardim.

Anita olha o relógio e constata que já passam das 13 h. Vai até o jardim ao encontro de Letícia e Otávio, e comenta:

— Espero não estar atrasada para o almoço. — Sentando-se ao lado de Letícia à mesa.

— Claro que não, Anita — diz Letícia. — Estamos esperando o Eduardo, ele vem almoçar conosco hoje.

— Que bom! — Sorri. Ao olhar para Otávio, perde todo o entusiasmo e este evita olhá-la.

— Conte-me da festa, Anita, como foi? — pergunta Letícia, curiosa.

— Foi legal... Eu estava mesmo precisando de um pouco de alegria, de paz; um pouco de felicidade. — Olhando todo o tempo para Otávio. — Ontem me senti literalmente feliz. Felicidade, aliás, de que eu não me lembrava que existia, e que eu poderia sentir.

— Olhando para você, eu percebo exatamente isso, que você está feliz. Você também não percebe, Otávio?

— Não, eu não percebo — responde Otávio.

Letícia olha para Anita, sem saber o que pensar.

— Homens como você não são capazes de perceber que a Terra gira em torno do Sol. Seria exigir demais perceber a felicidade de uma filha, principalmente se tratando de você o pai e eu a filha — Anita está sofrendo.

— Você bem sabe que não me agride com suas palavras! — Frio.

— Não quero agredir ninguém, mas seria muito melhor admitir que minha presença o incomoda! — Gritando.

— Mas o que é isso, Anita? Nós adoramos você, sua presença nos enche de satisfação — Letícia argumenta, tentando tranquilizar a situação.

— Você não pode falar pelos outros, Letícia! Que você me adora eu não tenho dúvidas, mas daí afirmar o que ele sente é loucura, porque nem mesmo ele sabe — Anita levanta-se e vai em direção à casa, quando ouve Otávio falar:

— Volte à mesa, o almoço ainda não foi servido! — Anita não dá ouvidos e continua afastando-se deles.

Letícia vai ao encontro de Anita para convencê-la a voltar à mesa.

— Anita, você está tão feliz, vai deixar o seu pai estragar tudo? — pergunta Letícia.

— Ele não me dá uma chance. — Entristecida. — Por que, Letícia? Por que ele me odeia tanto? Você deve saber! — Apreensiva.

— Eu não sei de nada Anita, e não creio que ele odeie você. Na verdade, ele a quer muito bem, você é a filha dele, ele só não sabe como demonstrar isso... eu tenho certeza!

— No entanto, ele sabe demonstrar muito bem o contrário, não é mesmo? — pergunta Anita, magoada.

— Acho que você e seu pai esperam demais um do outro. Seria muito melhor se cada um desse alguma coisa ao invés de ficar esperando, você não acha?

— Eu acho que, por algum motivo que desconheço, Letícia, você ama demais o meu pai e não consegue ver os fatos com lucidez. — Sorri.

— Não diga isso... — Letícia está entristecida.

— Desculpe... — Sorri. — Eu estou com fome, e você?

— Eu também, vamos voltar à mesa.

Elas voltam à mesa e percebem que Eduardo já chegou e se encontra conversando com Otávio.

— Olá, Eduardo — diz Letícia. — Como vai?

— Bem, Letícia; e você? — Letícia gesticula que também está bem. — Olá, Anita! Gostou da festa? — Sorrindo.

— Sim, gostei muito, estava bem animada. E a Célia, não vem? — pergunta Anita.

— Não, foi com a Márcia e o Carlinhos fazer uma visita aos pais da Márcia.

Otávio pede à Sara para servir o almoço, todos se acomodam à mesa e o almoço é servido.

— Você não vai acreditar no que o Carlinhos fez, ontem após a sua festa. — Sorrindo. — Carlinhos não passa de um moleque!

— E o que ele fez? — pergunta Otávio, antes que Anita pudesse falar.

— Deixou Márcia em casa e foi se encontrar com uns amigos da faculdade para jogar pingue-pongue!

— Pingue-pongue?! — Letícia pergunta, olhando para Eduardo. — Mas já não era tarde? — Curiosa.

— Já devia ser madrugada. Mas o Carlinhos é assim mesmo, tudo pelo esporte. Os anos vão passando, mas ele continua um menino. O que me encanta é a compreensão de Márcia, ela é incapaz de censurá-lo. Mesmo hoje, quando ele chegou pela manhã com a roupa ainda úmida da chuva que caiu esta madrugada. Ele disse que, entre uma partida e outra, tomavam banho de chuva. — Sorrindo.

Neste momento Letícia olha para Anita, que, ao se deparar com seu olhar, sente-se ameaçada, mas consegue disfarçar.

— Muita disposição a dele — acrescenta Letícia.

— Carlinhos está sempre disposto, e ele ainda me pregou uma peça. Disse-me que queria ser empresário.

— E isso não é bom? Não é o que você sempre quis para ele? — pergunta Otávio, que até o momento o ouvia falar, saboreando o almoço.

— Eu queria que ele fosse um empresário como eu, como você; não um empresário de um clube esportivo!

— Empresário é sempre empresário — afirma Anita, que até então ouvia com bastante atenção a tudo o que Eduardo dizia.

O almoço prossegue com bastante apreciação pela comida servida.

— O almoço está uma delícia! — diz Eduardo. — Sabe, Otávio, às vezes eu chego a invejar você!

— Por quê? — Curioso. — Por causa do almoço?

Todos riem, e ele também.

— Não, claro que não. — Entusiasmado. — É que eu gostaria de ter uma filha, e vejo em Anita a filha que eu queria para mim. — Anita sorri agradecida. — Carlinhos é um filho maravilhoso, mas ainda não se deu conta de que já se transformou em um homem e que tem responsabilidades.

— Você não deve se preocupar, Eduardo, são coisas da idade — coloca Letícia.

— Eu não me preocupo, mas gostaria que ele se posicionasse mais definidamente, como Anita.

— Como eu? — pergunta Anita, surpresa. — Como assim?

— Você é determinada, tem planos para o futuro, sabe o que quer; e, acima de tudo, é uma moça linda. — Dirigindo-se para Otávio: — Tenho certeza de que você morre de ciúmes, quando ouve alguém dizer isso à Anita.

— Talvez você esteja enganado, Eduardo — afirma Anita, sem olhá-lo.

— Anita... — Letícia recrimina-a.

— Eu não tenho ciúmes, não. — Otávio olha para Anita, que desvia o olhar. — Mas só um cego não veria como ela é bonita.

Após o almoço, Otávio e Eduardo vão conversar sobre negócios na biblioteca; Anita e Letícia permanecem no jardim. Anita parece não se dar conta da presença de Letícia, ausentando-se espiritualmente daquele lugar, voando em pensamento.

— Será que posso saber onde você está? — pergunta Letícia, enquanto a observa, curiosa.

— Nenhum lugar especial — responde Anita instintivamente.

— Você não mentiria para mim, mentiria? — Incrédula.

— Se fosse preciso... — Sorri. — Por que não?

— Está bem. — Constrangida. — Mudemos de assunto. — Sorri. — Acho que você se enganou quanto ao seu pai.

— E por quê? Porque ele disse que eu sou bonita? Aliás, ele nem disse isso! — admite Anita.

— Disse sim — insiste Letícia.

— Será que você não entende, Letícia!? Ele é cego; quando me olha, não me vê. Ele só disse aquela frase de efeito por causa do Eduardo, ou você se esqueceu do que aconteceu antes do almoço? — pergunta Anita, revoltada.

— Quando você vai entender o seu pai, Anita? Quando você vai sentar-se ao lado dele e ouvi-lo falar? — Cobrando-a.

— Não estou entendendo você, Letícia. — Confusa. — Ele não me dá margem nenhuma, em dez palavras que ele me dirige, menos de uma é agradável. — Sorri. — Se você soubesse tudo o que nos acontece, mas ele não falaria isso nem mesmo com você.

— Você acha que ele não confia em mim? — pergunta Letícia, insegura.

Anita vai até o encontro de Letícia, pega-lhe as mãos e fala:

— Eu sou a pessoa menos indicada para falar sobre meu pai, eu não seria imparcial.

Letícia concorda tristemente, chama Anita para entrarem em casa, mas esta diz que vai até a casa de Marta.

— Vai conversar sobre a festa? — pergunta Letícia, ainda interessada.

— Vou — Anita sorri.

— Até agora você não me contou nada, espero que ainda me conte.

Anita, que já se afastava de Letícia, concorda em contar, despedindo-se e saindo no Jeep.

capítulo 11

Anita chega até a casa de Marta, que se encontra entre Pirralho e seus amigos, e ao vê-la chegar fala:

— Anita! Estava pensando em você, tudo bem?

— Tudo... — Ouvir os gritos de torcida e o quicar da bola era tudo muito desagradável para Anita. — Eu queria falar com você, vamos sair um pouco, está quente, podemos tomar um sorvete. — Falava rapidamente.

— Eu não estava a fim de sair, ontem foi um dia agitado, eu briguei com o Beto...

— Eu sinto muito... — Os olhos de Anita fitavam o jogo de tal maneira que chegava a assustar.

— Está tudo bem com você, Anita? — Marta percebe e se preocupa. Como Anita não responde, ela resolve sair. — Vamos Anita. — Levando-a consigo — Vamos tomar um sorvete.

Anita sorri, agradecida.

Pegam o Jeep e vão até uma sorveteria, Marta faz os pedidos e Anita, que estava em silêncio, concorda, sendo logo servidas. Anita acaba por falar:

— Será que vou conseguir esquecer tudo, Marta? — Angustiada.

— O problema, Anita, não é esquecer, é não associar o jogo, a mesa, a bola, as raquetes ao acidente que aconteceu com a sua mãe.

Uma coisa não tem nada a ver com a outra, mas você insiste, é por isso que, quando percebe o jogo, se deixa vencer pelo sofrimento. É um modo muito fácil de enfrentar a situação.

— Você fala como se o que eu sinto fosse proposital. — Magoada. — Não se escolhe os sentimentos, Marta, eles simplesmente surgem... — Entristecida.

— Desculpe, Anita. Isso é uma fase, vai passar. — Sorri, querendo animá-la. — Sei que está querendo falar comigo sobre a festa e o que aconteceu depois, e você sabe que sou bastante curiosa.

Ambas riem.

— Passei a noite com Carlinhos — diz Anita.

— E então?

— Foi ótimo. — Confusa. — Mas eu estou me sentindo tão mal...

— E por que, Anita? Se foi bom para você, com certeza foi bom para o Carlinhos. Que há de mau nisso?

— É errado, Marta, será que você não entende?! — Assustada. — E se papai descobrir? — Fazem silêncio por um momento e Anita prossegue. — Desde que cheguei, eu e ele não nos entendemos ainda, temos brigado quase diariamente; hoje mesmo, antes do almoço, discutimos... Eu não quero correr o risco de vê-lo mais distante de mim.

— Tome cuidado, não deixe transparecer. — Aconselhando-a.

— Não depende só de mim. Eduardo almoçou lá em casa hoje; entre um comentário e outro, disse que o Carlinhos chegou de manhã todo molhado, e Letícia viu que eu cheguei exatamente assim; eu tenho a impressão de que ela sabe.

— Em todo caso, você ainda pode negar.

— E vou negar até quando, Marta? — Nervosa. — Não quero passar mais a minha vida fugindo, escondendo-me!

— Então, quando seu pai descobrir, você confirma tudo para ele. — Séria.

— Você está louca, Marta? Está zombando de mim? — Zangada.

— Não! Claro que, não. Mas você está esquecendo uma terceira pessoa em toda essa história. Não adianta se preocupar com seu pai, você precisa se preocupar com Carlinhos.

— Carlinhos está casado, o que houve entre nós foi uma aventura, vamos esquecer em breve.

— Anita... Você está enganada. Carlinhos a amou todos estes anos, ele não vai a esquecer nunca. Você não é uma aventura na vida dele, você é a vida dele.

— Então por que ele teve de se casar? — Totalmente infeliz.

— Você não pensou que ele fosse esperar por você todos estes anos, pensou? — Anita concorda que não, com a cabeça. — Nem poderia, você bem sabe que não tinha esse direito. — Sorri. — Mas ele esperaria, se tivesse podido.

Marta se cala, mas prossegue logo em seguida.

— Depois que você partiu, era o que pensávamos, ele se aproximou muito de mim. Eu e você éramos muito amigas e, estando comigo, ele se sentia perto de você. — Marta sorri. — Víamo-nos todos os dias, ele só falava de você, transformávamos você numa pessoa muito especial. Ele não se conformava com a sua ausência e falta de notícias. Ele sofria muito, Anita, dia após dia. Não era justo ele sofrer assim, eu tentei mostrar isso, mas não tive êxito; foi quando Márcia começou a se interessar por ele. Carlinhos não queria, mas eu incentivei, não havia sentido deixar aquela oportunidade passar, ele devia se divertir; eu disse que não era preciso esquecer você; aliás, ele não admitia isto. Márcia era uma garota legal e gostava muito dele. Começaram a namorar, mas brigavam muito, passavam mais tempo separados do que juntos. De qualquer forma, era muito bom para os dois. Márcia tinha Carlinhos, de quem gostava muito, e Carlinhos tinha Márcia, sobrava menos tempo para se lembrar de você...

— Eu entendo tudo isso, Marta... — É interrompida.

— Você não entende nada, Anita! — Elas se olham fixamente. — A relação deles não passavam de namorico, mas, depois de tanto namorico, não tinha a menor graça. Márcia, percebendo que ia perdê-lo, tentou evitar, mas não sabia como. Acho que a única coisa que passou pela cabeça dela foi ter um filho.

— Um filho? — pergunta Anita, surpresa.

— É, um filho. Foi uma grande tolice, mas já estava feito. Márcia estava grávida... Eu nunca havia visto o Carlinhos tão feliz como no dia que veio me contar, ele se sentia alguém, alguém muito importante. Daí casar era a solução. Naquela ocasião, como agora, Carlinhos gostava muito de Márcia, não a amava, mas gostava, sentia muito carinho e estava feliz.

— Então ele só se casou porque ela estava grávida? — conclui Anita, perguntando.

— Não, ele se casou porque pensou que havia a esquecido. Eu também cheguei a pensar que isso havia acontecido. Ele deixou de ir me ver por mais de dois meses... Mas, do terceiro para o quarto mês, Márcia teve problemas com a gravidez e acabou perdendo a criança.

— Meu Deus! Como deve ter sido difícil — Anita fica entristecida.

— Foi, com certeza foi. Mas aparentemente se refizeram em pouco tempo, a família ajudou muito nesse sentido. Eu fui vê-los, queria que soubessem que eu estava ali também para as horas difíceis. Conversei pouco com Márcia, ela estava muito triste, mas conformada. Carlinhos fazia um esforço enorme para demonstrar o mesmo conforto, mas eu que o conhecia tão bem, podia perceber tamanha mágoa. Foi aí que sua lembrança nos mostrou que você estava mais presente ainda.

— E por quê? Não consigo entender — Anita pergunta, confusa.

— Carlinhos me disse que acabava sempre perdendo as pessoas que mais amava, antes mesmo de poder dizer isso a elas. Primeiro você, depois o filho...

57

— Como aconteceram coisas nestes últimos anos... O destino não poupou nenhum de nós. — Seus olhos brilham com as lágrimas que começam a se formar. — Obrigada por me contar tudo isso, Marta, obrigada por ser minha amiga.

— Você não tem o que agradecer. — Sorri, enternecida.

capítulo 12

Anita se dirige para casa após ter se despedido de Marta. Ela sente-se muito confusa, haviam acontecido muitas coisas que ela nem podia imaginar. De repente se depara sobre a ponte onde aconteceu o acidente que vitimou sua mãe. Ela estaciona o Jeep e se põe em frente à mureta para observar as águas do rio, que correm lentamente. Ela ainda não se havia dado conta de que aquela ponte era caminho quase que obrigatório para quem entra e quem sai de sua casa. Havia outros caminhos, mas nunca iam por eles, e, no entanto, aquela ponte também ligava a outros lugares, mas tudo isso lhe ficava omisso.

Percebia que a correnteza seguia sempre na mesma direção, todavia a sua vida havia perdido o rumo. Tanta coisa poderia ser diferente, se aquele dia fatídico não tivesse nunca existido. Se lhe fosse possível voltar ao passado, naquele momento não teria hesitado. Mas o presente estava ali e não se podia desfazer-se dele.

Nunca passou pela cabeça dela que outras pessoas pudessem sofrer tanto quanto ela, ninguém tinha mais motivos do que ela. Mas estava enganada...

Acontece de tudo com todos, mas nos limitamos apenas aos nossos problemas. É por isso que pensamos que estamos sozinhos; na verdade, estamos sendo extremamente egoístas.

Anita olha o rio por sobre a ponte, e tantos pensamentos, às vezes em desordem, passavam em sua frente, até ser abordada por uma voz:

— Algum problema, Anita? — Ela se volta para o lado e vê Otávio. — Que faz aqui?

— Não... nada! — Surpreendida.

— Você deve ter algum motivo para estar aqui neste lugar! — insiste.

— Não tenho, não. Estava passando, tive vontade de parar... Foi só! — Indo para junto de Otávio. — E você, por que veio para cá? — Curiosa.

— Eu costumo vir muito aqui... Este é o único lugar em toda parte que me fragiliza. — Ele a olha, abaixa a cabeça, dá dois passos em frente. — Perdi muita coisa aqui, Anita. Sei que nunca vou ter nada de volta, mas... você pode não acreditar, eu não sou de ferro... Só aqui sou capaz de admitir isso, de me conscientizar de que eu posso e devo ser frágil — fala com amargura.

— Por que está dizendo isso, pai? — pergunta Anita perplexa.

— Achei que deveria saber — diz Otávio, sem olhá-la.

— Isso não faz de você melhor! — Anita afirma, rispidamente.

— Eu sei... Não quero ser melhor. Só queria que soubesse.

— Agora já sei! — Vai até o Jeep, liga o motor. — Que bom que tem apenas um lugar para se sentir frágil... — Magoada. — Eu tenho toda a vida! — Vai-se.

Anita chega a casa, pede a Sara que a chame no quarto para o jantar.

Otávio já está sentado à mesa quando Anita desce; ela senta-se e ele diz à Sara que já pode servir.

— Letícia não janta conosco? — pergunta Anita.

— Não! Hoje, não.

— Espero que esteja tudo bem com vocês. — Preocupada.

— Está tudo bem. Ela precisou ir ver uma amiga. — Sorri. — Obrigado por se preocupar. — Após um longo momento de silêncio, Otávio torna a falar. — Eu estive pensando, Anita, e gostaria de propor-lhe um acordo.

— Que tipo de acordo? — pergunta Anita, apreensiva.

— Acho que nós podemos nos tratar ao menos com um pouco mais de tolerância. — Otávio fala, pausadamente.

— Tolerância... — Anita repete. — Se é o que você quer.

— Você não?

— Tolerância não é o bastante, mas devo admitir que é um começo — Anita se mostra otimista.

— Então estamos de acordo?

Anita consente com a cabeça.

Está uma noite muito quente; após o jantar, Otávio vai para o jardim, acomoda-se em uma confortável cadeira e põe-se a ler. Anita o observa, vai até uma cadeira próxima dele, debruça-se por sobre a mesa e distraidamente mexe com as pedras de um dominó que ali se encontra. Curioso é o jogo de dominó: para cada pedra sempre existe uma que se encaixe nela, nem sempre a pedra certa está em nossas mãos, mas ela está com alguém, isso é inevitável.

Era uma noite linda, a lua brilhava ao lado de infinitas estrelas, mas nada daquilo parecia atingir Otávio, que permanecia entregue à leitura.

— Já faz uma semana que estou aqui, mas parece que já estou há muito mais tempo — diz Anita, sem que Otávio preste atenção. — Só faltam duas semanas para o seu casamento: isso não o deixa ansioso?

— Não! — diz Otávio, rapidamente.

— Gostaria de conversar sobre alguma coisa? — pergunta Anita, querendo aproximar-se dele.

— Não, e você?

— Eu gostaria, mas você não quer, e não se pode conversar sozinha. — Otávio nada diz. — Sabe... Às vezes penso que não deveria ter voltado para cá, estaria muito melhor com meus avós!

— E por que pensa isso? — pergunta Otávio, olhando para ela.

— Porque lá eu sei que eles gostam de mim; eles me tratam bem — Anita se mostra melancólica.

— Eu tenho tentado fazer o melhor, o que lhe falta?

— Nada! Eu tenho tudo! — Anita levanta-se. — Eu vou dormir, boa noite. — Dirige-se para a casa.

Otávio a acompanha sem que ela perceba e, quando ela já está na escada, ele fala:

— Anita, o que espera de mim? — pergunta, hesitante.

— Neste momento? — Otávio diz que sim com a cabeça, Anita se volta até ele, o olha fixamente, quase pode sentir-lhe a respiração. — O que espera de mim? — Com os olhos lacrimosos.

— Que me entenda!

Anita o olha, volta-se até a escada e começa a subi-la, para no degrau, sem mover-se e fala:

— Eu também... — Com profunda tristeza.

capítulo 13

— Seu pai disse para você ir ao escritório hoje — comunica Sara à Anita, enquanto esta se dirige à mesa para tomar seu café, já servido.

—Tem certeza de que ele disse isso, Sara? — pergunta Anita, já tomando café, enquanto Sara responde que sim. — Pensei que ele não quisesse me ver hoje...

Anita termina seu café, permanece à mesa, pensativa, por alguns momentos. Levanta-se, vai até a sala, senta-se, observa os objetos, espreguiça-se, torna a levantar-se, vai até a biblioteca, pega um livro, *O pequeno príncipe*, sorri; leu-o quando tinha 10 anos e tornou a lê-lo aos 15; lembra-se de que fora presente de seu pai. Coloca-o no lugar, sente-se triste. Tenta não pensar em nada, mas é muito difícil estar naquela casa e não se lembrar de tudo o que já viveu, e sentiu, e sofreu, e foi feliz. É difícil, é muito difícil...

Anita pega o Jeep e vai até o escritório de seu pai. Chegando lá, dão-lhe um crachá de visitante e conduzem-na até a sala de Otávio, o qual no momento está em reunião. Ela se põe a esperar por ele dentro da sala.

Anita observa toda a sala à procura de algo familiar que mostrasse a ela que estava em casa, mas não havia nada, ela era uma estranha.

A porta se abre e Otávio entra, dirige-se até a mesa, sem nada dizer; Anita fica parada, esperando que ele diga alguma coisa.

— Que bom que veio, Anita! — Otávio quebra o silêncio. Anita suspira, aliviada, e sorri constrangida. — Quero que você dê uma volta por toda a empresa e depois me diga do que mais gostou e veremos a melhor maneira de você trabalhar conosco — consultando a agenda.

— Está falando sério? — Surpresa.

— Ainda se lembra das vezes em que estive brincando? — diz, seriamente.

— É preciso um grande esforço para lembrar...

Otávio pega alguns papéis que estavam sobre a mesa, dirige-se até a porta e fala:

— Eu tenho uma reunião agora e depois terei um almoço importante. Aproveite para conhecer a empresa, conversaremos à noite em casa. — Otávio sai sem que Anita possa falar.

Anita fica aturdida, não esperava que ele lhe oferecesse tal oportunidade, apesar de não ter sido de um modo muito simpático. Afinal, esse era o modo dele agora, e ela não estava em condição de escolher.

Ela podia sentir que Otávio estava tentando se aproximar, e isso era tudo o que queria.

Anita sai da sala e começa a sua excursão pelos corredores e departamentos da empresa.

Depois de mais de uma hora visitando toda a empresa, depois de ter feito mais de mil perguntas e ter recebido mais de mil respostas, Anita está cansada e com fome, mas tamanho é o seu entusiasmo que isso não a aborrece nem um pouco.

Deixa a empresa se sentindo já uma parte dela, e fazendo parte dela estaria fazendo parte de algo em que Otávio se empenha e a que se dedica. Seria importante e, acima de tudo, seria notada por ele.

Com seu Jeep, ainda próximo à empresa, pela avenida principal, vê um restaurante que lhe traz muitas recordações; inúmeras vezes almoçara ali com seus pais... Resolve então parar e almoçar ali mesmo. Imagina se poderia sentir de novo aquela alegria que tantas vezes já sentira.

Ao entrar é conduzida à mesa pelo garçom e, antes de fazer o pedido, é informada de que um senhor a convida a sentar-se com ele, volta os olhos e vê Eduardo acenando para ela; em seguida, senta-se ao lado dele.

— Que coincidência agradável a encontrar aqui, Anita! — diz Eduardo.

— É muita gentileza sua convidar-me à sua mesa, não precisava se incomodar.

— Não é incômodo algum; pelo contrário, é um prazer. — Sorri.

Anita sente-se meio constrangida, não sabia bem o que conversar com Eduardo, e, além do mais, o seu objetivo ali era relembrar momentos felizes por que passara com seus pais e aquele encontro inesperado a estava privando disso.

Após pedirem o almoço, Eduardo começa a conversa:

— Soube que você e Carlinhos estão se entendendo muito bem.

— Somos bons amigos — responde Anita, sem entender o comentário.

— Ele me disse que vocês são mais que isso. — Sorri, irônico, enquanto leva o garfo à boca.

— Carlinhos às vezes exagera. — Anita tenta manter-se tranquila.

— Eu e meu filho temos um bom relacionamento, ele me conta tudo, e contou-me de vocês — oferecendo mais vinho à Anita, que recusa.

— Para que tantos rodeios então, Eduardo, por que não ir direto ao assunto? — diz, ao pôr com força o copo d'água na mesa, começando a se enervar.

— Que garota perspicaz você é, Anita, tal qual sua mãe. Como o Otávio pôde ser tão tolo em nunca ter percebido isso?... Deixou que ela se fosse e agora está fazendo o mesmo com você...

— Do que está falando, Eduardo? Poderia ser mais claro? — pergunta Anita, curiosa, sem nada entender.

— Do passado, Anita, de um passado não muito distante, onde muitos fatos ainda são omissos e muitos atos ainda são cruéis. — Toma mais um gole de vinho. — E, por ironia do destino, tudo parece se repetir no presente. E eu tenho medo, Anita, medo de que desta vez o desfecho seja ainda mais trágico — fala como se estivesse delirando. — Desculpe se a deixei confusa, depois de alguns goles de vinho acabo falando sem pensar... Vamos, coma um pouco mais, você mal tocou na comida.

— Essa conversa me fez perder o apetite — diz, com frieza.

— Mas tão cedo, ainda não cheguei ao ponto que queria.

— Então chegue ao ponto, eu tenho mais o que fazer. — Anita está se sentindo mal e nauseada.

— Sabe que eu adoraria você como nora? — Sorri. — É sério, não estou brincando, teria sido muito bom... Mas Carlinhos já está casado com Márcia e é assim que vão continuar.

— E daí, o que tenho com isso? — Irritada.

— Você exerce muita influência sobre Carlinhos. É impressionante como os apaixonados se deixam influenciar, você não acha?

— Pare com esse jogo, Eduardo, por favor, você parece o meu pai. — Eduardo ri. — Não vamos chegar a lugar nenhum.

— Seu pai aprendeu tudo comigo, mas se parecer com ele não é um elogio.

— Não, não é!

— Anita, preste atenção! — diz, seriamente. — Eu quero que você diga ao Carlinhos que passe a trabalhar comigo e quero também que se afaste dele, não estrague o melhor que ele já construiu na vida. Fui claro? — Autoritário.

— Muito claro. E se eu não fizer isso? — pergunta, furiosa.

— Você não tem muitas cartas na mão, não deve pagar para ver nem deve blefar, o risco para você é muito grande.

— Se eu fosse você, não estaria tão confiante da vitória, esta é apenas a primeira rodada, muitas cartas ainda estão por vir, e você desconhece o meu jogo, posso dar ainda muito trabalho. — Levanta-se. — É só? — Eduardo diz que sim. — Desculpe se não agradeço. Espero que tenha uma grande indigestão.

Caminha até a saída do restaurante, enquanto Eduardo a observa.

capítulo 14

Anita não sabe o que fazer em relação ao que Eduardo lhe disse, pensa em conversar com alguém que possa tentar esclarecer ao menos algumas dúvidas. Suas palavras foram tão vagas e ao mesmo tempo tão determinadas... Que poderia haver no passado de Eduardo envolvendo seus pais e no presente a envolvendo também, formando um elo entre eles? E um elo terrível, capaz de fazê-lo ter medo.

Anita está agora em frente à casa de Marta. Ela é uma boa amiga, poderia ajudá-la. Ouve vozes vindas da casa, risadas e gritos, e ouve também o som da raquete ao rebater a bola que quica sobre a mesa. Com certeza estavam reunidos jogando pingue-pongue. Carlinhos estaria lá, e aquele não era o momento para vê-lo, mas precisava de ajuda, precisava de Marta; dava-se conta de que não havia mais ninguém.

Hesita por um momento, mas aquele som em seus ouvidos soa como um alerta de perigo, e, assustada, volta para sua casa.

Passa pelo portão, indo devagar até a garagem, onde estaciona o Jeep; caminha em direção ao jardim e contempla-o, imagina como seria a vida se fosse como um jardim, cujo objetivo maior é agradar aos olhos de quem o observa, no entanto percebe que essa mesma vida mais se parece com um punhado de flores murchas.

Sem poder coordenar bem os pensamentos, já sentada em uma cadeira no jardim, Anita parece à espera de alguma coisa, alguma coisa que não vem, e que ela não sabe o que é.

— Anita, que faz aqui fora? Seu pai já deve estar chegando para o jantar — diz Sara, surpreendendo Anita.

— Que horas são, Sara? — pergunta Anita, assustada.

— Já são quase 19 h, cheguei a pensar que não viria jantar em casa.

— Confesso que não estou com a mínima vontade de jantar, mas o que fazer? Vou me aprontar, volto em seguida.

Anita levanta-se e entra em casa. Ao descer, Letícia já está na sala à espera dela e de Otávio, que também acabara de chegar e estava lá em cima, aprontando-se.

— Boa noite, Anita! — cumprimenta Letícia.

— Boa noite. Tudo bem com você, Letícia?

— Sim, tudo bem, obrigada. — Anita já está na sala, sentada em uma poltrona, olhando para Letícia. — Tem algum compromisso hoje?

— Penso que sim, por quê?

— Iria convidá-la para ir comigo e seu pai ao aniversário de um amigo.

— Vocês vão? — pergunta Anita, curiosa.

— Sim, logo após o jantar.

— Venha conosco, Anita — Otávio a chama, descendo a escada e indo juntar-se a elas. — Você vai se divertir.

— Eu tenho outros planos para hoje, ou tinha... — Sorri, entristecida.

Jantam comentando assuntos triviais. Despedem-se de Anita e vão saindo, enquanto ela fica à porta vendo-os sumir do alcance de seus olhos.

Ao retornar, Otávio vê Anita dormindo na sala com um copo próximo à sua mão, pega-o e leva-o até o nariz, percebendo que ela tomou vinho.

— Anita, acorde! O que faz aqui? Por que não foi para o seu quarto? — pergunta Otávio, aborrecido. — E por que estava bebendo?

Anita acorda, olha-o, sente a cabeça rodar e doer, quando diz:

— Perguntas, perguntas e mais perguntas. Onde estarão as respostas? — Senta-se levando a mão à testa, passando os dedos entre os cabelos. — Estava aqui à sua espera. — Otávio fica em silêncio. — Pensei que tinha combinado que conversaríamos hoje à noite. Ainda é noite, não é? — Olha para ele como se não o estivesse vendo.

— Anita, você está bêbada?! — furioso.

— Bêbada está a Terra, que gira em torno de si e em torno do Sol ao mesmo tempo! — Começa a rir.

— É inadmissível esse seu comportamento, não posso permitir que isso se repita nesta casa! — Ainda furioso.

— É inadmissível e, nem assim, eu consigo chamar sua atenção! — Otávio a ouve e ela já está gritando: — O que pretende fazer? Quer que eu vá embora? Hoje me disseram que você deixou que minha mãe se fosse e que está fazendo o mesmo comigo. Eu não sei o que quer dizer, mas com certeza você sabe. E vai acabar conseguindo o que pretende.

— Você não sabe o que está dizendo. — Levanta-se, conduzindo-a para a escada.

— Eu posso andar sozinha. — Anita o repele.

— Deixe-me ajudá-la, você pode se machucar — Otávio está tenso.

— Mais? Machucar-me mais? Só se eu morrer... E talvez nem assim. — Olha para ele, entristecida. — Eu não preciso que me ajude a chegar até o quarto, eu preciso que me ajude a continuar sendo Anita, sua filha. — Começa a subir a escada, indo para o quarto.

Após a porta do quarto de Anita se fechar, Otávio sobe correndo as escadas e a abre com violência. Anita está deitada chorando abraçada ao seu travesseiro.

— Anita, eu esqueci que tínhamos combinado de conversar hoje à noite. Já havia esse compromisso com Letícia... Eu esqueci completamente.

— Não precisa se explicar — magoada.

— Eu quero me explicar! Eu preciso me explicar! — Otávio anda por quase todo o quarto. — Eu sei que não tenho sido um bom pai, mas eu quero ser. Acredite, eu quero ser! — pedindo. — Sei que sente falta de sua mãe, mas não sei como contornar isso, entende?

— Minha mãe faz muita falta, é verdade, eu preciso muito dela, mas um pai já me seria suficiente.

— Nós fizemos um acordo de tolerância, vamos mantê-lo.

— Não! Eu não quero que me tolere, eu quero que me sinta. Eu estou aqui, toque-me, não sou uma sombra, eu sou uma pessoa!

— Eu sei disso, claro que sei, e admiro muito você e me orgulho — diz, com veemência.

— E daí? Não muda nada, continuamos sendo estranhos.

— Não! Claro que muda. Você é a minha filha, e eu a amo muito — admite, por fim.

— Viu? Não foi tão difícil dizer isso, é muito bom ouvir, mesmo não sendo verdade, é bom ouvir.

— Sei que não acredita, mas, quando você puder entender, tudo será diferente.

— Só espero que não seja tarde demais.

Otávio sai do quarto e Anita continua a sentir sua dor.

capítulo 15

— Sara?! — chama Anita, indo até a cozinha.
— Sim, Anita. Bom dia! O que quer? — diz, sorridente.
— Bom dia, Sara. — Anita fica em silêncio, mas logo prossegue. — Diga ao meu pai que vou para a casa dos meus avós passar dois ou três dias lá. Estou com saudade deles, Sara.
— Eu entendo, Anita. — Sorri. — Toma antes o seu café?
— Não, obrigada. — Anita olha para Sara a espera que esta diga alguma coisa. — Até logo.
— Anita, está levando tudo de que precisa? — Anita balança a cabeça concordando que sim e exibe uma mochila. — Não precisa de mais nada?
— Preciso sim, Sara! Preciso de respostas...
— E pretende encontrá-las lá?
— Eu não sei. Talvez sim, talvez não, talvez estejam aqui, talvez até você as tenha...
— Isto é uma afirmação, Anita? — pergunta Sara, seriamente.
— Não, Sara. Claro, que não. — Constrangida. — Desculpe-me se fui grosseira, não tinha a intenção.
Sara sorri, entendendo, e Anita sai, indo pegar o Jeep. Sara vai atrás dela e fala:
— Volte logo, Anita, precisamos de você.

— Eu voltarei — Anita se mostra enternecida.

Liga o Jeep e aos poucos deixa os arredores da casa, atravessando o portão, sendo observada, em silêncio, apenas pelos olhos inertes de Sara.

Anita chega à casa de Marta, e esta ainda está dormindo. Acorda com seus apelos de que precisa de sua companhia para irem juntas à casa de seus avós.

Chegam à casa de seu Antônio e dona Maria, levando muita alegria para o casal.

Anita apresenta Marta como sua melhor amiga, conversam como tudo está indo na casa de Otávio para o casamento, e Anita procura demonstrar que está feliz em sua casa, com seu pai.

Após o almoço, Anita sai com Marta para mostrar-lhe a cidade. Vão até a faculdade onde Anita estuda, encontram algumas pessoas conhecidas que demonstram alegria em ver Anita; caminham pelo comércio, visitam antigas igrejas, tomam sorvetes para amenizar o calor, entram em bibliotecas; enfim, fazem um verdadeiro tour de cidade pequena.

Até então, Marta ainda não havia indagado o porquê desta súbita viagem, ou talvez volta, ao esconderijo.

— Agora que já estamos aqui, você pode me dizer o que está acontecendo? — pergunta Marta.

— Você é fantástica, Marta! Aceitou vir comigo como se nada estivesse acontecendo, e, no entanto, sabia todo o tempo que havia algum problema.

— Não é preciso ser muito inteligente para isso, Anita.

— Não, muito inteligente, não. Mas é preciso pelo menos ser mais inteligente que eu — Anita, depreciando-se.

— Chega, Anita, não estou a fim de compactuar mais com a tragédia da sua vida; o que passou já passou e é fato consumado.

Daqui para a frente, você é responsável por tudo que acontecer; se continuar dando vida aos seus fantasmas do passado, vai acabar virando um deles — fala, imitando um fantasma, enquanto Anita ri.

— Se qualquer outra pessoa me dissesse isso, eu a faria engolir todas as palavras. Mas, vindo de você, é diferente; embora não concorde com tudo, você deve saber o que está dizendo.

— É... eu espero que sim.

Elas sorriem.

Ao retornarem, Marta vê o carro de Otávio estacionado bem à frente do portão da casa de seu Antônio.

— Anita, seu pai está aí, pense bem no que vai falar, não vai adiantar nada mais discussão — Marta está preocupada.

— Não se preocupe, Marta, só o provocarei se me sentir ameaçada. — Sorri, enquanto Marta a olha assustada.

Elas entram em casa, e Otávio, que estava sentado na poltrona da sala, levanta-se e fala:

— Anita, preciso falar com você — autoritário.

— Pode falar, pai — sentando-se e gesticulando para que Otávio também se sente.

— Eu vim buscá-la, não é meu desejo que você saia de casa, pelo contrário, eu quero que você fique comigo. Eu preciso de você... — angustiado.

— Eu vou voltar pai, eu disse isso à Sara. — Anita fala como se não desse importância às palavras de Otávio. — Só não será hoje, daqui a dois dias eu estarei em casa, não precisa se preocupar.

— Você tem que ir comigo, hoje! — ríspido.

— Por quê? — pergunta Anita, mantendo a calma, enquanto Marta e seus avós presenciam tudo, sem nada falar.

— Porque eu sou seu pai, e você tem que me obedecer! — furioso.

— Há anos que abdicou do seu direito de pai. Não vai reconquistá-lo da noite para o dia.

— Anita! — diz seu Antônio, recriminando-a. — Não fale assim com seu pai.

— Deixe, seu Antônio, ela tem razão... — Olha para Anita. — Só não precisava ser tão dura. — Triste, Otávio se dirige à porta da sala. — Vou a esperar em casa. — Olha para todos e sai.

capítulo 16

Anita acorda tarde e vai tomar sozinha o seu café. Dona Maria já estava com tudo providenciado para agradar a sua neta.

— Bom dia, vó!

— Bom dia, filha. Dormiu bem?

— Dormi, obrigada. Onde está Marta?

— Está lá fora com seu avô.

Ficam em silêncio por um momento.

— Filha... — Anita a olha enquanto toma café. — Você continua com problemas com seu pai, não é?

— É, vó. — Triste. — Acho que isso não vai mudar nunca...

— Por que você não voltou com ele ontem? Eu sei que você queria que ele viesse buscá-la, no entanto você preferiu feri-lo e ferir a você mesma, filha.

— Eu não pude, vó! Quando ele chega perto de mim, eu me sinto tão pequena, tão pequena que tenho medo de que ele não me note. Aí faço tudo errado, não é, vó? — Com os olhos cheios de lágrimas.

— Não chore, filha, tudo vai ficar bem. Eu tenho certeza de que, mais dia, menos dia, você e seu pai vão se entender como antes. — Dona Maria aperta as mãos de Anita entre as suas mãos, querendo transmitir-lhe confiança. — Sei que você não me pediu nenhum conselho, e quero que saiba que esta casa será sempre sua, mas seu lugar é ao lado de seu pai. O melhor a fazer é voltar quanto antes.

— Eu sei, vó, mas ainda preciso pensar um pouco sobre tudo o que está acontecendo. Eu prometo que volto para casa amanhã, está bem?

— Claro, filha. É um prazer ter você aqui conosco, mas prazer maior será vê-la novamente feliz. — Sorri.

Após terminar o seu café, Anita sai à procura de Marta, que está nos fundos conversando com seu Antônio.

— Bom dia, Anita — cumprimenta Marta.

— Bom dia, Marta. — Dirige-se até seu Antônio, beija-lhe o rosto e diz: — Bom dia, vô.

— Bom dia, filha. Agora que você está aqui, tenho certeza de que a sua companhia é muito mais agradável que a minha.

— O senhor não diria isso, se tivesse que aturá-la na escola por anos!

Todos riem, e seu Antônio se vai.

— Foram tão ruins assim os anos da escola, Marta? — pergunta Anita, curiosa.

— Quer que eu seja sincera?

— Claro.

— Foi! Mas eu suportei com heroísmo — sorri com satisfação.

— Já lhe disseram que você não passa de uma grandiosíssima boba?

— Sinceramente, já. Mas eu encaro como elogio. — Elas riem. — Mas deixemos esse papo de lado; venha ver o que Seu Antônio me mostrou. — Marta põe a mão no ombro de Anita e a leva até a lateral exterior da casa. — O que lhe parece? — Exibindo algo.

— Parece-me uma mesa — diz Anita, sem entender aonde Marta quer chegar.

— Mas não é uma mesa normal, é uma mesa de pingue-pongue! E aqui temos a rede, as raquetes e três bolinhas, e temos eu e você para começarmos o jogo. — Marta começa a preparar a mesa colocando a rede.

— Onde o vovô conseguiu esta mesa? — pergunta Anita, curiosa, sem ainda ajudar a Marta.

— É a sua antiga mesa. Na sua ausência, ele aproveitou para consertá-la.

— Ele não tinha esse direito. — Aborrecida.

— Por que, não? Ele lembra com saudade as vezes que você vinha passar o final de semana e ficava jogando com sua mãe, seu pai e alguns vizinhos daqui.

— Ele contou isso a você?

— Quem mais? Venha, ajude-me, não consigo apertar esse parafuso.

— É perda de tempo, Marta. Não vou jogar com você!

— Por quê?

— Porque eu não posso!

— Lógico que pode.

— Não! Eu não posso! — angustiada.

— Sabe o que eu acho, Anita? Eu acho que você gosta dessa situação. É muito agradável fugir quando surge o problema, confuso é resolvê-lo.

— O que você está tentando dizer? — Curiosa.

— Tentando, não! Eu estou dizendo! Na verdade, cheguei à conclusão de que você realmente foi a responsável pela morte de sua mãe! — diz, rispidamente.

— Por que você está falando assim comigo, Marta? Pensei que fossemos amigas — entristecida.

— E somos. Mas isso não muda nada, não posso poupá-la da verdade.

— Não é verdade, e você sabe disso! — furiosa.

— É verdade, e nós sabemos disso! — seriamente.

— Quero que você vá embora daqui, agora mesmo! — Anita tenta voltar aos fundos da casa, mas Marta pega-lhe pelo braço e diz:

— Eu vou Anita, mas antes vai me ouvir!

— Eu não tenho nada para ouvir de você!

— Isso é o que você pensa. Agora se cale e me ouça! Quando você diz que não pode jogar pingue-pongue, você engana a si mesma, mas não engana mais a mim. Seu pai a culpa pelo que aconteceu a sua mãe, e você acredita no seu pai, sempre acreditou, sempre foi assim...

Os olhos de Anita vibram e ela continua atenta às palavras de Marta.

— Nunca voltou à sua casa porque seu pai disse que não voltasse porque você tinha culpa... E o que você fez? — Sem que Anita pudesse formular uma resposta. — Você inventou na sua cabeça um motivo para justificar a atitude do seu pai, para provar que seu pai estava certo, e mais uma vez não a desapontaria... Um motivo tão idiota, nem criatividade você usou; o que poderia ser mais idiota do que um simples par de raquetes? Dê um basta nisso tudo, Anita! Sua mãe está morta, e eu lamento, e sei quanto isso lhe dói, mas seu pai está vivo, Carlinhos está vivo, você está viva! — Marta a sacode como se ela estivesse em transe e não fosse possível trazê-la à realidade. — Seu pai é um homem como outro qualquer, e você pode atingi-lo, e, atingindo a ele, você poderá atingir a quem você quiser... Verá que Carlinhos não é um monstro nem você!

— Chega, Marta! Por favor, chega. — Anita está aturdida. — Não sei se você tem direito de me dizer tudo isso... Acho que não, você me magoa propositadamente... Não entendo... — Confusa.

— É uma pena que pense assim... Eu vou embora.

— Não! Não quero que vá. Você me disse coisas demais, coisas que nunca pensei serem assim. Eu tenho medo de você ter razão e eu estar fazendo a coisa errada.

— O que quer que eu faça, então? — Preocupada.

— Dê uma volta na cidade. — Anita joga-lhe a chave do Jeep. — Eu preciso pensar um pouco, depois conversamos.

— Está bem. Mas, Anita, quero que saiba que jamais a magoaria propositadamente, a amizade que sinto por você é muito grande para que eu seja capaz de fazer isso. — Anita apenas a ouve, e Marta sai no Jeep para a cidade.

capítulo 17

— Sua avó a está chamando para o almoço, Anita — diz seu Antônio, ao encontrar-se com ela, que está sentada no chão do quintal, simplesmente observando.

— Não estou com fome, vô — Anita está fungando e esfregando os olhos, para que seu Antônio não perceba que esteve chorando.

— Onde está Marta? — pergunta seu Antônio, enquanto se senta ao seu lado.

— Teve que ir até a cidade.

— E por que não foi com ela? — Anita não respondeu. — Vocês estiveram brigando?

Anita continua em silêncio, mas por fim fala:

— Digamos que nós apenas discutimos — diz Anita, sem olhar para o avô.

— Parece que você ainda não se adaptou ao seu antigo espaço, mas você conseguirá — fala otimista.

— Não, não conseguirei nunca, porque não existe mais o antigo espaço, vô. Se eu quiser, terei que construir um novo, e eu não sei se quero, porque não sei se vale a pena, e porque terei que perder o meu espaço aqui.

— Seu espaço aqui é eterno, filha. Mas só você pode decidir, eu confio em você, sempre confiei. Sua mãe costumava me dizer que você sempre ia além do que ela esperava. — Sorri.

— Pena ela esperar tão pouco... — Entristecida.

— Se sua mãe estivesse aqui, não gostaria de ouvir isso! — seriamente.

— Eu sei, mas ela não está aqui, e ninguém pode mudar isso. — Sorri, triste. — Diga à vovó que entro daqui a pouco para almoçar.

Seu Antônio consente com a cabeça e a deixa sozinha.

Marta só retorna no começo da noite. Anita e seus avós já estavam preocupados com sua demora, mas logo se tranquilizam com sua chegada, e aproveitam para jantar.

Após o jantar, Marta vai ajudar dona Maria na cozinha, e Anita vai para a varanda da frente; acomoda-se confortavelmente, e ali fica sentada em uma cadeira de balanço feita de palhinha, perdida em seus pensamentos.

Em seguida, Marta vai ao seu encontro e senta-se ao lado, em uma outra cadeira de balanço.

Ficam em silêncio, olham-se, mas as palavras parecem inalcançáveis; a noite parece dizer mais do que elas são capazes.

— Voltaremos para casa amanhã, pela manhã — diz Anita, sem olhar para Marta.

Marta apenas balança a cabeça concordando, e o silêncio outra vez é mantido.

Anita levanta-se, vai até o portão, coloca-se de frente para a casa e volta para a varanda, sendo observada por Marta.

— Sei que você pensa que eu deixo a minha vida escapar por entre os dedos, e você está certa — admite. — Mas o que você não sabe é o esforço que faço para tentar salvar alguma coisa... E eu tenho conseguido tão pouco... Tão pouco que eu cheguei a pensar que não vale mais a pena. Não existe o menor sentido em continuar... — Anita está chorando.

— Anita... — Preocupada. — Perdoe-me pelo que fiz hoje cedo, eu acabei me excedendo. — Marta se levanta e vai até Anita. — Eu e minha psicologia barata... Diga que me perdoa, por favor. — Suplicando.

— Só não perdoaria você se não tivesse dito tudo o que disse; e aí não estaria agindo como uma amiga, como a minha amiga em quem tanto confio e admiro. — Sorri.

capítulo 18

Anita e Marta retornam pela manhã. Anita deixa Marta e se dirige para casa. Ela, que esperava encontrar respostas em sua viagem, percebe que as perguntas aumentaram. Marta não podia ajudá-la, porque não precisava de ajuda, mas continuava faltando alguma coisa; não sabia o que, nem como descobrir, e isso a atormentava.

Entra em casa em silêncio, sem chamar atenção de Sara, indo em seguida para o quarto.

Sente-se angustiada, tensa, confusa, carente, frágil, destruída... Ela estava só começando, e tudo já se mostrava muito assustador. O medo pouco a pouco ocupava um espaço que crescia muito rápido e que já estava interferindo em sua vida há muito tempo, mas só agora começava a perceber.

A partir deste momento, dava-se conta de que precisava tomar decisões, decisões que antes deixava a critério de seu pai e as acatava com gratidão, porém isso não era mais possível. Sem querer e sem perceber, deixou-se ser manipulada, como se tudo o que lhe acontecesse fosse realmente imprescindível, sem nunca questionar a ponto de obter explicações satisfatórias.

Tudo o que mais queria era voltar a ser feliz com o seu pai, e isto se tornara impossível. Ele a afastou de tudo e todos por motivos que ela desconhecia e sobre os quais não ousava indagar, mas era preciso que algo acontecesse para ao menos esclarecer alguns fatos que se tornavam vitais.

Eduardo transformou-se em uma grande interrogação. Com certeza ele possuía respostas muito importantes para ela, e consegui-las passou a ser prioridade.

De repente, ao olhar a estante do seu quarto, observa um porta-retrato, aproxima-se e o pega, vê uma foto onde ela está com a sua mãe; a mesma foto de que sentiu falta quando chegou a casa há dias. Ao lado, outro porta-retrato com uma foto sua.

Finalmente, Otávio demonstrava sinal de rendição; ele estava tentando agradá-la, isso era claro.

A luz no fim do túnel voltou a acender, bastava apenas chegar até ela.

Anita sai do quarto, desce a escada, atravessa a sala indo à procura de Sara, que se encontra na cozinha. Quando Sara a vê, comenta:

— Anita, não sabia que estava de volta, que bom vê-la; como você está? — Sorrindo e indo até ela para abraçá-la.

— Bem — responde, sorrindo, após se abraçarem.

— Como foi a viagem? Encontrou as respostas que buscava? — pergunta Sara.

— Não, mas descobri que elas se mostram quando menos esperamos. — Sara sorri. — As fotos estão de volta, Sara! — diz Anita, com entusiasmo.

— Que fotos? — pergunta, surpresa.

— As fotos do meu quarto... Sabia?

— Não...

— Voltaram para o mesmo lugar na estante. Sabe o que isso significa? — Sara diz que não com a cabeça e Anita prossegue. — Significa que eu ainda posso recuperar o meu pai.

— Você nunca o perdeu, Anita — fala com seriedade.

— Talvez...

— Parece-me triste... — Acomodando-se à mesa e convidando-a a sentar ao seu lado. — Se quiser, pode conversar comigo, sou uma boa ouvinte.

— Eu gostaria muito. — Sentando-se também. — O que acha do Eduardo? — Curiosa.

— Eduardo? — Sem entender. — É um bom amigo do seu pai, há muitos anos são amigos, desde quando ele ainda era solteiro. Por quê?

— Eu estou com um problema. — Constrangida.

— Que tipo de problema? — Apreensiva.

— Você sabe que eu e Carlinhos fomos namorados...

— Claro que sim.

— Mais uma vez, quando vou falar de mim, acabo falando do passado, é como se fosse tudo o que houvesse, e eu não consigo acrescentar nada...

— O que tem o passado com Carlinhos? — interrompe Sara.

Anita a olha, levanta-se, vai até a outra extremidade, abaixa a cabeça, volta a olhar para Sara, respira fundo, e por fim:

— Eu me deixei envolver por ele. — Ainda constrangida.

— O que isso quer dizer?

— Sara... Por favor! — Sara a olha sem entender. — Eu passei uma noite com Carlinhos. — Aliviada. — Você me recrimina? — pergunta, ansiosa.

— Não posso recriminá-la, mesmo porque você já se recriminou. — Anita volta a sentar-se ao lado de Sara, que a toca na mão. — O Eduardo descobriu e quer falar para o seu pai?

— Mais que isso, ele quer que eu influencie o Carlinhos a se dedicar aos negócios dele, disse-me coisas estranhas, que ainda não consigo entender. Falou sobre o passado, sobre um elo que se repetia nos unindo no presente; sobre tragédia, medo. Estou nas mãos dele e tenho muito a perder, ou eu venço, ou faço o jogo dele. — Triste.

— Nunca tive nada a dizer do Eduardo... Um momento, não sei se tem importância. — Anita espera ouvir algo que lhe seja útil.
— Sua mãe costumava evitá-lo, com discrição. Durante anos ela manteve essa atitude, mas sempre negou.

— Por que seria, Sara? — Curiosa.

— Não sei, Anita. — Pensativa. — A propósito, meses antes de acontecer o acidente, sua mãe passava os dias muito nervosa. Quando Eduardo estava aqui com seu pai, ela desviava-se dele o máximo possível; ela ficava muito tensa, não conseguia coordenar os afazeres da casa, ficava distraída, preocupada, como se estivesse em desespero; depois que Eduardo ia embora, aos poucos ela se recuperava. — Anita ouvia atentamente. — Alegava apenas que estava se sentindo mal, mas que logo estaria melhor.

—Você acredita que ela estivesse de alguma forma sendo pressionada, Sara? — pergunta Anita, aflita. — Eu nunca percebi nada.

— Não, não acredito. É tolice. Com certeza tudo é coincidência. Acabei colocando ideias na sua cabeça e que só servem para deixá-la confusa. — Arrependida.

— Não se preocupe, Sara. Estou aprendendo a lidar com isso. Obrigada por me ouvir. — Levantando-se e saindo da cozinha em direção à sala. — Vou até o escritório do meu pai agradecer por ele ter colocado as fotos de volta. — Já na sala, observando todos os cantos. — Pena não ter colocado também aqui. — Sai.

Chegando ao escritório do pai, é anunciada e em seguida é conduzida até a sala dele; ao entrar, depara-se com Eduardo, que também se encontra lá.

— É bom que esteja de volta, Anita — Otávio fala com satisfação, enquanto Anita apenas sorri.

Eduardo cumprimenta Anita e volta a falar com Otávio, preparando-se para sair.

— Espero você, Letícia e Anita no sábado para almoçarmos.

— Conte conosco, Eduardo, e obrigado pelo convite. — Eduardo se despede e sai.

Otávio faz com que Anita se sente bem à frente de sua mesa e apenas a observa.

— Senti sua falta, Anita. Senti muito a sua falta. Tive tempo para pensar, na verdade tempo nunca faltou, mas eu sempre fugia, fugia como se o mundo me perseguisse e, se eu fosse pego, seria o meu fim. — Triste.

— Eu sei o que é isso, tenho fugido muito na minha vida. — Anita sorri, abaixa a cabeça, volta a olhar para Otávio, que também sorri. — Eu vim falar duas coisas apenas.

— Fale, Anita.

— Eu quero pedir desculpas por não ter voltado com você da casa da vovó. Eu queria ter voltado...

— Não tem importância, eu entendo. Sei que não tenho agido direito com você, mas, se me der tempo, eu vou mudar. — Nervoso.

— O tempo que quiser, mas tomara que seja logo. — Ambos riem. — Eu também quero agradecer por ter posto as fotos no meu quarto. — Feliz.

— Achei que você iria gostar.

— Gostei muito, obrigada.

Anita se levanta, vai até a porta, quando Otávio fala:

— Já sabe em que departamento pretende trabalhar aqui?

— Não... Posso pensar? — Otávio consente com a cabeça e Anita prossegue. — Eu gostaria de ter as outras fotos também. É possível?

— Hoje à noite... Pode ser?

Os olhos de Anita brilham, sente vontade de correr ao encontro do pai, abraçá-lo e beijá-lo, mas contém-se e apenas fala:

— Eu ainda gosto muito de você. — Fecha a porta imediatamente, sem dar tempo para Otávio dizer alguma coisa.

capítulo 19

Anita volta para casa, almoça, sente-se feliz e cheia de disposição, ainda não acredita no que está acontecendo e censura-se por não ter voltado antes, teria evitado anos de distância e revolta e teria recuperado a tão sonhada harmonia e felicidade. Mas isso era passado, e nada é mais eterno e imutável que ele.

Como sempre, ela não podia ser feliz plenamente. Eduardo continuava em seu pensamento e ela ouvia ecoar as suas palavras. Sentia-se no meio do caminho sem nunca ter dado um passo, e sem saber que direção seguir. Por ora, era melhor esquecer e esperar atentamente o que estava por vir.

Apesar disso, pela primeira vez desde que voltou, finalmente conseguia se sentir em casa.

Otávio não vem para o jantar e só chega a casa bem tarde da noite, quando Anita já está dormindo. Ele entra no quarto dela em silêncio e coloca ao lado da cama uma grande caixa. Olha para Anita, que parece dormir tranquilamente, sorri com ternura, aproxima-se dela na intenção de dar-lhe um beijo na face, mas, por algum motivo, acaba desistindo. Anita acorda quando ele tenta sair do quarto.

— Pai... Você aqui, o que houve? — Surpresa.

— Nada, eu vim trazer as fotos. — Apontando para a caixa.

Anita senta-se na cama, pega com esforço a caixa, coloca-a sobre a cama, abre-a e observa aquele amontoado de fotos. Ela não sabe o que dizer, tamanha é a sua alegria.

— Estão todas aí — diz Otávio.

— Sente-se ao meu lado, vamos vê-las juntos — pede Anita, sorrindo.

— Não, já está tarde, eu estou cansado. — Otávio olha para Anita, que o está fitando profundamente.

— Por favor, pai. Veja-as comigo — insiste Anita.

Otávio hesita por um instante, mas atende a Anita, sentando-se ao seu lado, enquanto ela procura uma foto para mostrar-lhe.

— Olha o que eu achei! — Eufórica, mostrando uma foto a ele, enquanto ele a pega e a observa. — Estávamos na piscina, era domingo, foi a mamãe quem nos fotografou. — Otávio apenas sorri. — Nesta aqui eu estava tentando dirigir o seu carro novo, você havia acabado de chegar com ele. — Sorri para Otávio. — Esta é do meu aniversário de 15 anos...

— Já chega, Anita, eu realmente estou cansado — diz Otávio, ao se levantar da cama.

— Veja a mamãe, como está linda nesta foto! Eu me lembro, Dia dos Pais, ela lhe deu uma gravata.

— Deixe-me ver! — pede Otávio. — Não, Anita, neste dia ela me deu uma camisa.

— Foi uma gravata, eu tenho certeza!

— A gravata foi antes, no dia do meu aniversário... — De repente os dois começam a rir.

Estavam, enfim, partilhando um momento de alegria e saudade, pelo qual Anita esperara durante anos.

Passaram o resto da noite olhando velhas fotos e relembrando passagens agradáveis da vida em família.

capítulo 20

Na casa de Marta, já à tarde, Anita comenta a sua apreensão em ter que ir no dia seguinte até a casa do Eduardo. Ela está muito insegura, pois teme que ele reforce a investida e ela tenha que se submeter.

Logo depois Carlinhos também chega, ele está muito zangado e fala rispidamente com Anita.

— Por quanto tempo ainda vai ficar brincando comigo de pique-esconde? — Nervoso e irônico.

— Você está muito nervoso, Carlinhos. — Surpresa. — Não aconteceu nada, ninguém está brincando, eu não estou o entendendo.

— Você desaparece, e não aconteceu nada? Estou começando a ficar farto de tudo isso!

— O problema é todo seu, não tenho nada com isso; ou você quer que eu lhe dê satisfações de todos os meus passos, como você faz com seu paizinho dizendo até com quem dorme?! — Furiosa.

— Não misture as coisas, Anita... — É interrompido.

— Quem tem misturado tudo desde o começo é você, e eu estou conhecendo um outro Carlinhos, e não está me agradando nem um pouco! — diz Anita, em desabafo.

Ficam em silêncio por alguns instantes, Marta pede que se acalmem, pois seus pais estão em casa. Eles resolvem sair juntos para conversar, indo para a casa de Anita.

— Desculpe, Anita, se fui rude com você. É que sinto o mundo caindo sobre mim e não sei o que fazer. — Triste e confuso.

— Eu sei como se sente, eu tenho passado por isso também.

— Por que não me procurou esses dias? Eu gostaria de ajudar...

— Agora estou bem, obrigada. Quem está precisando de ajuda é você. O que aconteceu?

Carlinhos fica inquieto, olha para Anita, mas não diz nada, movimenta-se sem direção, abaixa a cabeça e assim permanece, até que Anita se aproxima dele e lhe acaricia a nuca. Com a voz meio presa, ele começa a falar:

— Como eu gostaria que fosse tudo diferente... — Nostálgico. — Gostaria que você não tivesse partido, que eu não tivesse me casado, que os nossos sonhos ainda fossem possíveis e partilhados com a mesma intensidade... Que eu ainda pudesse ser feliz!

Anita o ouve com um toque de dor, uma dor ainda que suave, mas que se fazia presente.

— Eu não consegui nada de tudo que sempre desejei; nem um homem de verdade eu consegui ser. — Desolado.

— Carlinhos, você está sendo exigente demais com você mesmo. Eu até entendo que aconteceram muitas coisas, mas tudo tinha que acontecer mesmo! Se você pensa que vou ter pena de você e o chamar de coitadinho, engana-se. Você não precisa disso! — Autoritária.

— Eu procurei você em busca de ajuda, e você me trata dessa maneira? — Confuso.

— Você só está se lamentando. Diga o que está acontecendo e eu tento o ajudar.

— A Márcia está grávida, é isso o que está acontecendo! Queria saber por que estou assim? É porque eu vou ser pai! — Gritando.

Anita sorri de alegria; em seu rosto, percebe-se o tamanho contentamento que está sentindo, corre para Carlinhos e abraça-o como nunca o fez antes, beija-lhe o rosto e ao sorrir diz:

— Isso é maravilhoso, fico feliz com sua felicidade, você merece muito.

— Mas você não entende, Anita. Eu amo você, vou ter um filho de outra mulher e você fica feliz? — Aturdido.

— Exatamente porque o amo eu fico feliz. Sei exatamente o que esse filho significa para você, e ele virá em um bom momento de sua vida. Você verá como tudo vai voltar ao normal. — Ela o olha por um momento, e prossegue. — Nós sempre soubemos que iria terminar assim, eu só não poderia imaginar que, ao invés de sofrer, poderíamos vir a ficar felizes.

— Eu não acho justo, Anita. Eu não quero ter que escolher.

— Não existe escolha, Carlinhos, está tudo muito claro. — Anita olha para o relógio. — Já está tarde.

— Está me mandando embora? — Ainda meio confuso.

Anita apenas o olha e ele se vai, e com ele toda lembrança boa de um passado cada vez mais distante, cada vez mais incompreensível e cada vez mais cruel.

O amanhã virá, e não existe nenhum esconderijo que possa me livrar dele. Esse era o pensamento de Anita e Carlinhos, naquele instante.

capítulo 21

O sábado amanheceu com um sol radiante, o céu todo azul e o vento soprando com suavidade; uma delícia poder participar de tudo isso.

Anita ainda se encontra em casa, enquanto Otávio e Letícia já haviam saído. Ela não sabe o que pode acontecer ao encontrar Eduardo e Carlinhos, mas também não pode fugir; todas as vezes que fugiu, não conseguiu nada. A fuga está associada à perda.

Estaciona seu Jeep e aproxima-se de onde estão todos, sem ainda ser percebida. Cada passo dado faz com que Anita sinta mais vontade de recuar, e isso cada vez se torna mais difícil.

Quem primeiro a vê é Marta, que está em companhia de Beto, e caminha ao seu encontro; em seguida Eduardo a acompanha com os olhos, até que ela se reúne a todos.

Anita procura portar-se com naturalidade, mas ser natural naquele ambiente onde quase todas as pessoas esperam ou temem que ela possa ser melhor é algo assustador.

Enquanto esperam que o churrasco fique pronto para que possam almoçar, Célia, Letícia e Márcia vão para dentro; enquanto Carlinhos e Beto começam a jogar pingue-pongue, o que, aliás, é o que fazem todo o tempo. Anita procura se afastar, a fim de não ser levada a jogar também, mas isto é inevitável.

— Anita, por que não joga um pouco? — pergunta Eduardo.

— Não, não estou com vontade — responde Anita, sem entusiasmo.

— Vamos, Anita! Você está aqui para se divertir, sinta-se em sua própria casa, como há tempos.

Apesar de Eduardo demonstrar sinceridade, ela sabia que não era bem assim e que algo estava por vir. Olha para Marta, que a encoraja, e as duas vão juntar-se aos rapazes para jogar.

— Você vai jogar, Anita? — pergunta Otávio, de repente.

— Vou, por quê?

Otávio nada responde e se distancia, como se não aprovasse o jogo.

Anita sente que muito pouca coisa mudou, ela continua sendo culpada, não importa de que, mas o jogo de pingue-pongue é a prova.

Anita acaba não jogando. Durante o almoço, Eduardo faz um pronunciamento:

— Gostaria de aproveitar este momento, quando estamos todos reunidos, para participar que Márcia — olhando-a — e meu filho, Carlinhos, vão dar para mim e Célia um neto! — Sorri, com entusiasmo.

Carlinhos olha para Anita como se tentasse explicar alguma coisa, mas tudo estava muito explícito.

— Que notícia formidável! — diz Otávio. — Parabéns!

Todos os cumprimentam e o almoço prossegue com comentários a respeito da gravidez e dos planos para o futuro.

Célia e Eduardo não se cabem de contentamento, enquanto Carlinhos se sente dividido; e Márcia, contente. Anita os observa e se percebe como pivô de uma situação da qual teria feito de tudo para não participar.

Após o almoço, Eduardo procura conversar com Anita.

— Não parece muito surpresa com a notícia... — comenta Eduardo, curioso.

— É que procuro manter-me bem-informada. — Irônica.

— Espero que agora faça o que eu sugeri — sorrindo com malícia.

— O que eu fizer não terá nada a ver com isso — afirma.

— O que me importa é que você faça, os motivos são consequências.

Anita se sente derrotada, e procura forças para continuar dizendo:

— Sabe qual é o seu problema, Eduardo? — Ele diz que não com a cabeça e um leve sorriso nos lábios. — É que você não quer admitir que Carlinhos conseguiu mais do que você foi capaz e em muito menos tempo, e isso o incomoda muito.

Imediatamente Eduardo muda o seu semblante e pode-se perceber uma pontada de dor.

Marta e Otávio observam de longe a conversa. Marta, temendo por Anita, adiantou-se em tirá-la dali.

capítulo 22

Anita permaneceu por algum tempo, mas aproveitou a oportunidade de levar Marta e Beto embora, podendo, assim, tranquilizar Carlinhos, que no momento se sentia constrangido com aquela situação.

Fica algum tempo na casa de Marta buscando se localizar, perceber o que está acontecendo, e dá-se conta de que tudo parece uma grande cilada, na qual está caindo perfeitamente.

Já à noitinha em casa, Anita sente-se indisposta e prefere não jantar. Na verdade, mesmo inconscientemente, o que ela espera é que Otávio se preocupe e vá até ela para confortá-la; mas isso não acontece, o que não é surpresa para Anita.

No dia seguinte, ainda atordoada, Anita não sabe bem o que fazer.

É domingo, e domingo lembra praia, passeios, piqueniques, almoços, cinema e, acima de tudo, lembra família, família reunida, família feliz. Onde estava a sua família? O que significava a palavra "família", depois de tanta ausência e dor? Carlinhos sim pertencia a uma família e começava a construir um segmento dela. Isso é muito bonito e merece ser preservado e respeitado.

Anita sabe que lamentar não resolve o problema, mas até ela tinha o direito de se sentir deprimida, ou não? Ninguém poderia suportar tamanha pressão, tanto descaso, sem abater-se, ou será que poderia? Anita definitivamente que não, e neste domingo é chegado o momento de explodir. Explodir entre quatro paredes tem a vantagem de não atingir a ninguém mais, no máximo atingirá o seu próprio reflexo no espelho.

Apesar de ter voltado a sua casa e de ter reencontrado Marta, sua grande amiga; Carlinhos, sua primeira e grande paixão; Sara, sua estimada governanta e conselheira; Otávio, seu pai tão amado, mesmo em silêncio; apesar disso, continuava a se sentir sozinha e triste. Ela se sentia desamparada como uma criança que por alguns momentos perde de vista a sua mãe, o momento em que isto acontece pode não passar de segundos, mas, para a criança, corresponde à eternidade. Há tempos que Anita se sente como tal criança, e não simplesmente parece a eternidade: é a própria eternidade.

Anita vinha enfrentando bem todas as lutas que lhe eram impostas, estava saindo com alguns arranhões, mas permanecia firme, ainda de pé. Mas a cada dia a vida vinha se mostrando mais armada e ela não estava mais conseguindo se defender.

Pôde perceber que suas zonas de fraqueza estavam à mostra e que seria muito fácil qualquer ação contra ela. Ela, que só queria ser feliz, voltar para casa, viver com seu pai, já não sabia mais o que estava acontecendo.

Que domingo longo! Parecia que não iria acabar mais, já havia passado e repassado toda a sua vida a limpo, e, enquanto o domingo continuasse ali, acharia que a sua vida ainda era um rascunho, precisando de inúmeras correções, e talvez até fosse mesmo.

O sol já estava indo embora e Anita permanecia no quarto, não descera nem mesmo para comer alguma coisa, pensou que nem Sara lembrara dela. Dirigiu-se até a janela e a abriu, pôde ainda ver o brilho do sol e se dar conta de que o domingo estava no fim e que ela não fez nada de útil, desperdiçando momentos importantes com coisas que não a levaram a lugar nenhum, pelo contrário, fizeram-na ainda mais angustiada.

Otávio e Letícia estavam à beira da piscina conversando; Anita, da janela do seu quarto, ficou observando-os, pareciam felizes; Otávio dava muitas gargalhadas, abraçando e beijando Letícia. Eis ali uma família de que ela queria fazer parte, mas não sabia como.

capítulo 23

Faltavam apenas seis dias para o casamento de Otávio e Letícia, e eles não paravam em casa com tantos problemas para resolver. Anita decidiu se dedicar naquela semana ao escritório, tentando estar mais próxima de Otávio e, quem sabe, até agradá--lo um pouco.

Anita estava indo bem e se encontrava contente em poder estar ali e participar; o humor de Otávio estava ótimo e tudo era motivo de alegria.

Mas, como tudo na vida é instável, aquela semana também foi. Na quinta-feira, Anita recebe um telefonema de Eduardo e acaba tendo que se encontrar com ele, em seu escritório.

— Vejo que você é muito pontual. Herdou do seu pai ou da sua mãe? — pergunta Eduardo, a fim de começar a conversa.

— Eduardo... — Anita sorri com descaso. — Somos pessoas adultas, esqueçamos os rodeios. O que me traz aqui? — pergunta, com ansiedade.

— Cada vez você me encanta mais, Anita, você é exatamente como a sua mãe! — afirma.

— Às vezes você me assusta, Eduardo. — Pausa. — Sempre admirei você, sempre o respeitei, e eu acreditei que você fosse uma pessoa amiga para meu pai, minha mãe, e até mesmo para mim; mas você não é, ou não é mais.

— E por que eu a assusto, o que eu fiz para isso? — pergunta, com cautela.

— Além do seu comportamento, eu não sei o que fez, Eduardo, mas imagino coisas estranhas, principalmente quando você me compara à minha mãe. Você fala comigo como se eu pudesse ser exatamente como ela. Eu não posso, Eduardo. Eu sou Anita, ninguém mais.

Eduardo a olha por um momento, dirige-se até o bar, prepara um drinque, oferece à Anita, que recusa, e volta a falar:

— Não quero assustá-la, Anita, perdoe-me. Quero apenas proteger o meu filho.

— De mim? — pergunta Anita, surpresa.

— Do que você significa e ainda pode significar para ele.

— E que mal isso pode fazer? — Atônita.

— Pode destruí-lo. — Nervoso.

— Eu não faria isso, eu o amo demais para permitir que isso aconteça.

— E eu acredito, mas não é você, é ele. Ninguém destrói ninguém, Anita, cada um se destrói sozinho. E isso leva muito tempo, não nos damos conta, a não ser quando olhamos para trás e comparamos o que éramos com o que somos. Quer um exemplo? — Anita diz que sim. — Seu pai, ele se destruiu totalmente.

— E você, Eduardo, não se destruiu também? — pergunta Anita, em contrapartida.

— Menina esperta você é. — Sorrindo. — Tem razão, tem toda razão. Eu me destruí, mas eu sei disso, sou consciente; o seu pai não.

— Então ele está com vantagem em relação a você. — Sorrindo, com ironia.

— Ele sempre levou vantagem em tudo em relação a mim. — Tomando o último gole de drinque e indo preparar um outro.

— Posso fazer uma pergunta pessoal, Eduardo? — Com precaução.

— Se quiser... — Voltando-se para junto dela.

— Tem medo de que eu signifique para Carlinhos o mesmo que minha mãe significou para você? — Com apreensão.

— Eu tinha certeza de que você iria entender. Como você me lembra ela, Anita! — Sorri. — Ela percebeu o que eu sentia com apenas um olhar — diz, com nostalgia.

— E o que ela fez? — Curiosa.

— Eu já era casado, nunca conversamos sobre isso; eu apenas a olhava e ela me ignorava. — Voltando ao bar para preparar mais drinque.

— Durante anos traiu a amizade e confiança de meu pai? — Confusa.

— Não, nunca fiz isso! Exatamente por causa da amizade e confiança que ele me depositava é que nunca ousei tentar coisa alguma. — Bebendo o drinque.

— Está arrependido? — pergunta, com tensão.

— Estamos indo longe demais, Anita, nem o meu travesseiro sabe tanto assim. — Sorri, com nostalgia.

— Eu queria fazer só mais uma pergunta, é a peça que falta no meu quebra-cabeça. — Ansiosa.

— Está bem, pode fazer.

— Onde estava no momento do acidente? — Aflita.

Eduardo dá dois passos em direção a sua poltrona, joga-se como se fosse uma pedra, e fala:

— Eu estava lá, e não pude fazer nada. Nunca na vida me senti tão impotente. — Sorri, olhando para Anita. — Eu só queria vê-la, liguei antes me certificando de que ela estava em casa e fui para lá. — Abaixa a cabeça sobre a mesa por um momento, e depois volta a olhar para Anita. — Agora já chega.

—Sabe, Eduardo, eu até entendo você, mas você não entende nem a mim e nem ao Carlinhos, e isso é uma pena.

Anita sai do escritório, sendo acompanhada pelo olhar de Eduardo.

capítulo 24

Marta procura Anita para promover um encontro entre ela e Carlinhos, que precisa dizer alguma coisa a Anita. A princípio hesita, pois é véspera do casamento de seu pai, mas ouvir o que Carlinhos tem a dizer é também muito importante.

Encontram-se no fim da tarde, é um belo dia de sol, Carlinhos estava todo suado, pois havia terminado de jogar pingue-pongue com os amigos e foi correndo se encontrar com ela.

— Que bom que você veio, Anita, pensei que não viesse. — Contente.

— Por que eu não viria? — Curiosa.

— Não sei, mas estive conversando com o meu pai, e tive a impressão de que você não queria mais me ver.

— Ver você é sempre muito bom. — Sorri, com carinho.

Começam a passear lado a lado pela calçada observando as primeiras estrelas que começam a aparecer.

— Anita, eu estou com medo — diz Carlinhos, preocupado.

— Medo de quê? — Também preocupada.

— Com a expectativa de ser pai.

— Você será um pai maravilhoso. — Aliviada.

— Sem amar a mãe do meu filho? Levando uma vida sem felicidade? — pergunta, angustiado.

— Carlinhos, somos diferentes... — olhando bem nos olhos dele. — Temos outros valores. — Abaixa a cabeça. — Eu preciso lhe dizer uma coisa, peço que me entenda. — Pausa. — Eu não voltei para reencontrar você, eu voltei para reconquistar meu pai, que eu nem sei por que perdi. — Triste.

— E eu? — Com os olhos brilhando de lágrimas.

— Você é uma das maiores alegrias da minha vida, não teria conseguido o que consegui se não pudesse contar com você. — Triste. — Mas eu não sou mais a mesma Anita e nem você o mesmo Carlinhos, temos decisões a tomar e, na verdade, já tomamos. — Sorri. — Vou estar sempre com você, no meu coração e na minha lembrança.

— É só isso que eu sou, uma lembrança? — Entristecido.

— Tudo de melhor que eu tenho na vida são as minhas lembranças: além de ninguém poder mudá-las, eu as tenho para sempre, onde nada é para sempre.

Ambos sorriem. Passam boa parte da noite conversando e brincando como duas crianças.

Anita chega a casa tarde e Otávio a está esperando na biblioteca. Ela entra sem fazer barulho, mas é abordada assim mesmo.

— Isso é hora de você chegar a casa? — Zangado.

Anita olha para o relógio.

— Não, não é. Sinto muito, boa noite. — Sorri e começa a subir a escada.

— Anita, venha até aqui, precisamos conversar! — Ainda zangado.

Anita fica um pouco assustada, nunca vira Otávio tão zangado como estava naquele momento. Ela entra na biblioteca e senta-se em uma cadeira à frente da mesa onde ele está. Otávio prossegue:

— Onde esteve até esta hora? — Autoritário.

— Estava com um amigo.

— E esse amigo tem nome? — Ríspido.

— Tem, todo mundo tem nome. Imagine, até eu tenho nome. — Irônica.

— Por que você faz isso comigo, menina? — Levantando-se e apoiando as mãos sobre a mesa.

Anita tem a impressão de que ele vai devorá-la, literalmente.

— O que eu fiz, pai? — Tentando buscar tranquilidade.

— Você me envergonhou diante do meu melhor amigo.

— Eduardo? — Tensa. Otávio diz que sim. — O que ele falou? — Curiosa.

— Que você anda se encontrando com Carlinhos. Eu não quis acreditar nisso, mas você não o deixa mentir! — Furioso.

— Eu não fiz nada demais. Eduardo não tinha o direito de lhe contar isso! — Exaltada.

— Ele contou porque é meu amigo!

— Amigo ou inimigo?! Sabia que o amigo se torna inimigo quando ficamos cegos? Claro que não, jamais poderá entender. — Desolada.

— Podia esperar tudo de você, menos isso. Primeiro sua mãe, e agora você... — Sente-se muito triste.

— Pai... Mamãe não tem nada a ver com isso, qualquer coisa que falem dela é calúnia. — Nervosa.

Ficam em silêncio, olham-se por um momento, até que Anita fala:

— Está bem, eu saí com Carlinhos, mas já acabou. — Olha para Otávio esperando que ele se manifeste. — Droga, pai! Eu estava apaixonada! Já se apaixonou alguma vez? Ham? Claro que sim, você parece de pedra, mas é de carne e osso, igualzinho a qualquer um!

— Procurei dar tudo a você, eu só queria receber ao menos respeito. — Entristecido.

—Tudo o que fiz na minha vida toda foi respeitar você, e mais que isso... — Chorando. — Foi amar você, admirar você. Eu queria ser como você, porque para mim você era tudo. E eu só venho recebendo em retribuição a isso o desprezo e o descaso. — Muito triste.

Otávio levanta-se, vai até a porta da biblioteca e a fecha violentamente, aproxima-se de Anita, que está ainda sentada e chorando muito.

— Tudo o que fiz só fiz para evitar que acontecesse com você o que aconteceu com sua mãe. Mas você tinha que desonrar minha casa e meu nome.

Anita levanta-se e põe-se frente a frente com Otávio.

—Não me venha com falso moralismo, e não tente distorcer a imagem da minha mãe. — Furiosa. —Você só está querendo provar para você mesmo que o seu ciúme por ela fazia algum sentido, mas sabemos que não é verdade, e, não sendo verdade, fica difícil admitir que uma explosão de ciúme sem fundamento causasse alguma fatalidade. Por isso, tenta rebater a quem estiver mais próximo, com todas as forças, aquilo que o aflige. Não é? Não é?! — Gritando e chorando muito.

Otávio sai da biblioteca, vai até a sala, senta-se em uma poltrona e chora. Anita o observa da porta da biblioteca e vai até ele tentar confortá-lo.

— Pai... — Passando a mão nos seus cabelos. — Já é tarde, seu casamento é pela manhã, é melhor dormir um pouco. — Terna.

Otávio olha para Anita, que está ajoelhada a sua frente, e, ainda chorando, abraça-a, abraça-a como nunca o fizera antes, e ambos choram como crianças, e como adultos também.

capítulo 25

Dia de casamento em casa de Anita. Manhã de festa e muito corre-corre. Otávio já está sentado à mesa quando Anita desce e vai juntar-se a ele.

— Bom dia, pai!

— Bom dia, Anita! Dormiu bem? — Atencioso.

— Dormi, obrigada. — Anita sorri e começa a preparar o seu café, enquanto Otávio a observa minuciosamente.

— Que bom que está aqui hoje. — Sorri. — Eu estou feliz. Feliz de verdade!

— Pai... — Com cautela. — Eu pensei durante a noite e resolvi voltar para casa da vovó. — Pausa. — Minha vida está lá, não suportaria outra mudança radical, espero que entenda. — Sorri com ternura.

— Hoje é meu casamento, Anita. Está me punindo? — Preocupado e triste.

— Não! Não é isso! — Olhando para ele. — Eu desejo que seja muito feliz, é tudo que mais quero, mas eu preciso me estabelecer, minhas raízes ficaram aqui, mas tudo o mais foi plantado lá e vingou, está viçoso e começa a florescer. — Terna.

— Você sabe o que faz. — Sorri. — Vou sentir sua falta, mas sei que é o melhor para você. — Compreensivo.

— No fundo, tudo o que eu quero é que sinta a minha falta.

Ambos riem.

— Quando se sentir assim, vá me ver, vou ficar muito contente. — Anita levanta-se, vai até ele, abraça-o e beija-o. — Agora tem certeza, é o pai dela quem está ali. — Diga à Letícia que desejo toda a felicidade do mundo, do fundo do meu coração.

Otávio apenas sorri.

Anita vai até Sara, que observava e ouvia ao longe, abraça-a e promete voltar, saindo pela porta da frente.

O vento sopra um pouco frio, mas o sol procura aquecer aquela manhã. Anita pega o Jeep, e lentamente aproxima-se do portão da casa, sente como se estivesse saindo definitivamente do passado, que estava vivendo o presente e ainda teria todo o futuro para viver. Como que por instinto, olha atrás na esperança de estar sendo observada, e lá estão Otávio e Sara acompanhando-a com seus olhares.

Aproxima-se da ponte, onde tudo aconteceu, e nem percebe que está passando por ela. Dirige-se até a casa de Marta para despedir-se: desta vez não estava sendo levada dali, estava indo porque queria, e isso era o máximo!

— Por que você precisa ir, Anita? — pergunta, surpresa.

— Eu voltei para resgatar o meu passado, entender o que havia acontecido. Agora tudo está claro e sei o que quero e o que posso conseguir, e isso tudo, não está aqui. — Triste.

— E quanto ao Carlinhos? — Curiosa.

— Ele vai se sair bem. — Terna.

— E você, como vai se sair? — Preocupada.

— Tenho saído com alguns arranhões nesta vida, Marta. — Pausa. — Vai ser difícil, mas eu sou forte, e, mesmo que não fosse, ainda teria você para me oferecer o ombro, que eu, com certeza, não recusaria.

Ambas sorriem. Após se despedirem com a promessa de um contato constante, Anita, já no Jeep ligado, comenta:

— Ainda vamos jogar muitas partidas de pingue-pongue, e eu vou ganhar todas! — Sorrindo.

— Isso nós veremos! — Contente.

Chegando até a casa de Carlinhos, vê Eduardo, que está à frente da casa.

— Tão cedo aqui, Anita! — Surpreso. — Aconteceu alguma coisa? — Preocupado.

— O que poderia acontecer, Eduardo? Não aconteceu nada. — Sorri. — Vim aqui apenas deixar meu par de raquetes para o Carlinhos, sei quanto ele gostaria de tê-las, e será muito mais útil com ele do que comigo. — Feliz. — Você pode entregar a ele?

— Claro! Por que não entra? Estão todos em casa. — Gentil.

— Obrigada, eu estou de partida, mas vou aparecer de vez em quando, não se preocupe. — Dirige-se para o Jeep.

— Anita! — Ela o vê se aproximar e apoiar suas mãos no Jeep, em seguida prossegue. — Obrigado por concordar comigo.

— Não concordo com você, Eduardo. Mas já não importa mais. — Pausa. — Você é o pai de Carlinhos e isso vale muito para mim. Não permita nunca que ele saiba o mau-caráter que você é. — Triste, subindo ao Jeep.

— Não sou o que você pensa, Anita. Mas, de qualquer forma, não vou decepcionar o meu filho, tenha certeza disso.

— Cuide-se, Eduardo, estamos todos mais fortes agora. — Saindo com o Jeep.

Vai-se e, ao olhar o retrovisor, pôde ver que Carlinhos a observava em silêncio.

Anita dirige-se para a casa dos avós, sua vida estava começando de novo, e desta vez ela sabia disso, e não estava disposta a cometer os mesmos erros.

Aumentando a velocidade do Jeep, pôde sentir com mais intensidade o vento que soprava no seu rosto, e sentia-se como ele, leve e agradável. Estava viva e feliz e tinha todo direito de se sentir assim.

FIM